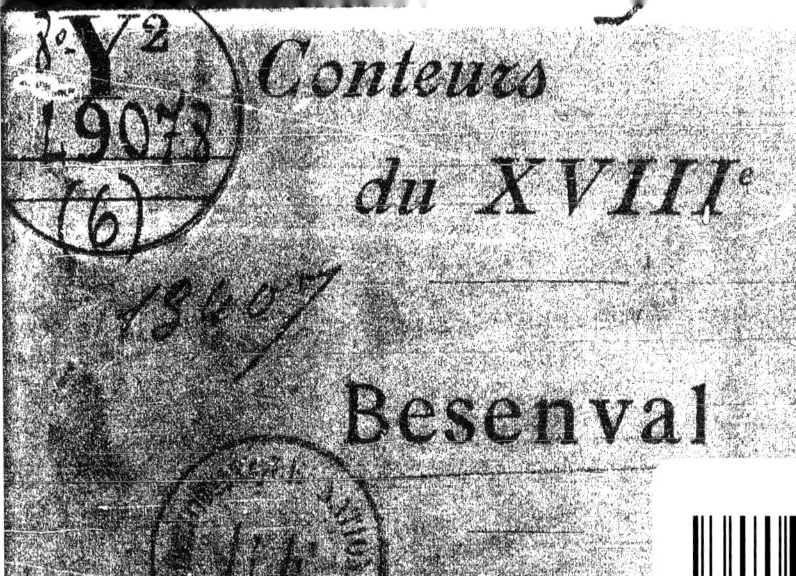

Conteurs du XVIIIe Siècle

Besenval

Le Spleen

PARIS
LIBRAIRIE DES BIBLIOPHILES
E. FLAMMARION
26, RUE RACINE, 26

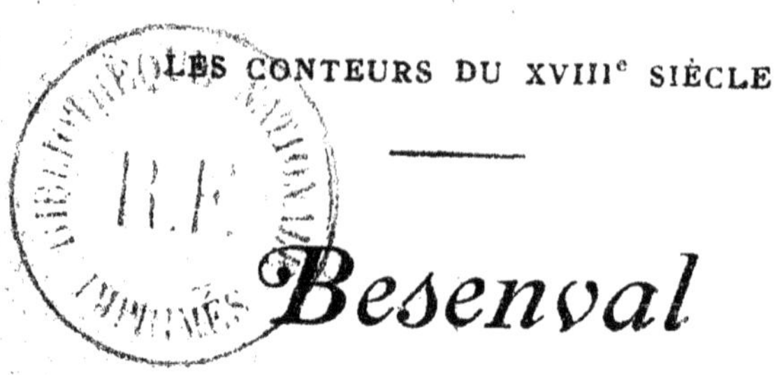

LES CONTEURS DU XVIIIe SIÈCLE

Besenval

LES CONTEURS DU XVIIIe SIÈCLE

Nouvelle Collection illustrée à 2 fr. 50 le volume

EN VENTE :

MEUSNIER DE QUERLON. — Psaphion ou la Courtisane de Smyrne . . . . 1 vol.

CRÉBILLON FILS. — Le Sopha. . . . . 2 vol.

BESENVAL. — Le Spleen. . . . . 1 vol.

SOUS PRESSE :

LA MOLIÈRE. — Angola. . . . . 1 vol.

EN PRÉPARATION :

Duclos. — Godard d'Aucourt. — L'abbé Prévost. — Cazotte. — Voisenon. — La Clos. — Pigault-Lebrun, etc...

(Chaque ouvrage de la collection des *Conteurs du XVIIIe Siècle* est illustré du portrait de l'auteur, et de plusieurs dessins de E. P. MILIO.)

PIERRE VICTOR BARON DE BESENVAL

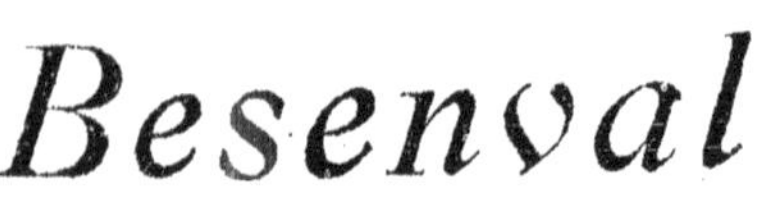

Besenval

LE SPLEEN

LES AMANTS SOLDATS — ALONZO L'HERMITE

Ouvrage illustré de 7 dessins de E. P. MILIO

PARIS
LIBRAIRIE DES BIBLIOPHILES
E. FLAMMARION
26, RUE RACINE, 26

Avant-propos

Dans *une lettre adressée à M. de Crébillon fils, censeur royal et auteur du* SOPHA, *le joli conte que nous avons déjà publié dans notre collection des* Conteurs du XVIIIe Siècle, *le baron de Besenval disait :*

« *Lorsque j'écrivis* LE SPLEEN, *je n'eus point*
« *en vue de raconter mes propres malheurs;*
« *je n'en ai jamais éprouvé.*

« *Je n'y fus point porté par le chagrin ou par*
« *le besoin de me distraire. J'ai peu connu le*
« *chagrin; j'ai senti tous les plaisirs qu'un hon-*
« *nête homme peut rechercher, et ces goûts*
« *m'ont préservé de l'ivresse des passions parti-*
« *culières. Un caractère gai, quelqu'esprit, un*
« *corps à toute épreuve, voilà les dispositions*
« *où j'étais il y a vingt ans à peu près, lorsqu'il*
« *me prit fantaisie de démontrer que le malheur*
« *est inséparable de quelque situation que ce*
« *soit.*

« *Je composai mon roman comme on fait une*
« *lettre, sans travailler et surtout sans corriger;*
« *j'en suis incapable.*

« *J'ai tâché que mon* malheureux *ne fut point*
« *insensible, pour qu'il fût intéressant. Je n'ai*
« *pas voulu qu'il fût pleureur; on se blase bien*

« vite sur les infortunes de celui qui ne cesse « d'en gémir.

« Je ne l'ai point laissé manquer de défauts « et de torts, afin d'éviter l'écueil de Grandisson, *« qui nous excède de ses vertus. Nous n'aimons « pas qu'on soit trop parfait, et nous avons nos « raisons pour cela.*

« Les événements qu'il éprouve sont *ceux que « chaque jour reproduit dans la société, mais « qui rarement s'accumulent sur un même « homme.*

« Je suis sobre de réflexion, et j'espère qu'on « m'en saura gré. C'est à celui qui lit, à réflé- « chir; que l'auteur le mette sur la voie de ce « qu'il doit penser, et s'en tienne là.....

« Si le malheureux *ne déplaît pas trop à « M. de Crébillon, il se croira vengé de la « fortune. »*

Voici l'œuvre présentée par l'auteur lui-même, et assurément avec une grande sincérité. On ne saurait mieux faire.

Cependant cette présentation est incomplète. Sans un correctif nécessaire, la lettre et l'œuvre laisseraient dans l'esprit une impression de morosité et de mélancolie fort en désaccord avec le caractère de l'auteur et l'esprit du milieu dans lequel il se mouvait.

Dans un récit d'une sobriété élégante, concise mais non point sèche, comme il s'en accuse par excès de modestie, le baron de Besenval met en scène un malheureux, *comme il l'appelle, sur lequel s'accumulent toutes les malchances, toutes les infortunes, dont les défauts de l'état social peuvent accabler un homme de la bonne compagnie.*

Ainsi, voilà un cadet de famille de condition aisée, jouissant d'une bonne santé et d'un bon naturel, confiant et porté vers l'idéal : jeune homme, il prend une maîtresse; il la surprend en train de le tromper avec un de ses camarades de régiment; son père le marie avec une fille qu'il n'aime pas, par convenance, parce que cette union est avantageuse au point de vue de la fortune; sa femme prend des amants, il est obligé de les supporter; bien mieux, il doit accepter pour siens, sans faire d'éclat, les enfants dont il n'est point le père, pour ménager l'avenir du fils qu'il a eu dès le début de son mariage, et sur qui rejaillirait le déshonneur de la mère; il s'en console dans l'affection d'une femme qui réalise pour lui l'idéal de la tendresse, et lorsqu'il croit avoir enfin trouvé le port du salut, elle le quitte par remords, pour entrer au couvent; pendant toute sa vie, enfin, il est poursuivi par la mauvaise chance qui en fait une véritable victime du sort.

Voilà, certes, des aventures pitoyables, mais si fréquentes! Elles ne le sont pas moins aujourd'hui qu'au XVIII*e* *Siècle; c'est la monnaie courante de la société que l'on nous a faite et que nous subissons, faute de mieux. Ce sont des événements humains inhérents aux conventions qu'a faites l'humanité, si humains même qu'ils ne changent pas plus que l'homme, et qu'ils se répètent à plus de cent ans de distance, dans les mêmes circonstances, avec les mêmes effets* *qu'ils produisaient déjà sous les yeux du baron de Besenval. C'est au point, qu'à part la délicatesse du style et quelques expressions qui portent bien la marque de leur siècle, on pourrait croire son œuvre écrite d'hier, par un de nos contemporains.*

Est-ce donc simplement pour nous faire, avec charme, le récit de scènes vues chaque jour, dans la vie ordinaire de son temps, que le baron de Besenval a écrit LE SPLEEN? *Est-ce davantage pour nous désenchanter de la vie, en nous montrant la fatalité attachée à la destruction de toutes nos illusions? Est-ce l'œuvre d'un esprit morose, abreuvé de déceptions, qui a voulu exhaler sa plainte dans une diatribe contre les vices de la société?*

Ce serait bien mal connaître le baron de Besenval que de lui attribuer l'un ou l'autre de ces mobiles. Sa vie entière proteste contre une telle interprétation. Il suffit de relire le début de sa lettre à Crébillon pour être convaincu que son œuvre n'est point le débordement d'amertume d'un esprit chagrin.

Le baron de Besenval fut, en effet, presque toute sa vie, ce qu'on appelle un homme heureux.

Mort le 2 Juin 1791, à l'âge de soixante-dix ans, il était né en Suisse, à Soleure-sur-l'Aar, au début de l'année 1722. Son père, lieutenant-général et colonel du régiment des gardes suisses, le destina à l'armée. Il y eut une rapide fortune; tout, d'ailleurs, y contribuait : sa naissance, sa bonne mine, son caractère plein de franchise, son esprit fait de grâce et de finesse, une bra-

voure, enfin, toute d'élan et de saillies qui enlevait ses hommes.

Le baron de Besenval eut beaucoup de succès auprès des femmes, ainsi que le constatent les Mémoires de son époque, et la liberté de ses manières avec elles ne prouve pas qu'il se soit jamais beaucoup affecté des déceptions qu'elles lui durent causer.

Un tel homme ne pouvait écrire une œuvre telle que LE SPLEEN *que par une sorte de gageure anticipée, pour narguer la mauvaise fortune possible. Pour se mettre en garde lui-même contre les déceptions que pouvait lui réserver la vie, (il avait 35 ans lorsqu'il écrivit* LE SPLEEN), *il jugeait à propos de railler, en bon observateur, avec la finesse et la délicatesse naturelles à son esprit, les contradictions brutales qui éclataient à ses yeux entre les principes et la pratique des mœurs d'une société dont il jouissait en galant homme. Il a voulu, sans doute, se démontrer à lui-même que, dans toute condition, le malheur ne vient presque toujours que de l'importance que l'on attache aux événements; en ne les prenant pas au sérieux, la souffrance qu'ils vous causent en est d'autant atténuée. Et, mettant en pratique le scepticisme élégant qui se dégage de son œuvre, il vécut au jour le jour, oubliant le passé, ne fondant rien sur l'avenir qui ne nous appartient pas, mais jouissant pleinement de l'heure présente qui, seule, dans sa réalité, ne le trompait pas.*

Et c'est ainsi qu'il faut lire LE SPLEEN, *en épicurien délicat, qui ne demande à la vie que ce qu'elle peut donner, mais qui le lui prend, sans regret de la veille, sans présomption du lendemain, tout entier à la jouissance du moment.*

Après tout, cette philosophie-là en vaut bien une autre. C'est celle que chantait le philosophe des bonnes gens, et c'est peut-être dans ce couplet de Béranger qu'il faut aller chercher la moralité du SPLEEN *de Besenval :*

« Votre amour me ferait bien;
M'aimez-vous, Mademoiselle?
— Soupirez un mois, dit-elle.
— Un mois! c'est la mort, adieu!
— Viens! me crie une friponne
Qui du temps sait mieux user;
Chaque baiser qu'on se donne
Peut être un dernier baiser! »
Aimons vite,
Pensons vite!
Tout invite
A vivre vite.
Aimons vite.
Pensons vite!
Au galop,
Monde falot!

Le Spleen

LE SPLEEN

J'AVAIS remarqué souvent aux Tuileries un homme âgé, vêtu fort simplement, d'un extérieur modeste et chagrin, qui, sans avoir l'air farouche, cependant se tenait de préférence dans les lieux écartés. Un jour, que je me promenais seul, ayant encore aperçu mon homme, je le suivis pendant quelque temps ; enfin, cédant à ma curiosité, je l'accostai.

« Monsieur, lui dis-je, vous trouverez peut-être étonnant que, n'ayant pas l'honneur d'être connu de vous, j'interrompe votre promenade ; mais, je vous l'avoue franchement, le soin que vous prenez de fuir, dans ce jardin, le monde que d'ordinaire on y vient chercher, m'a donné le désir de vous connaître. Une manière qui n'est pas celle de tout le monde annonce communément une façon de penser particulière, et mon plus grand plaisir est de pénétrer les différents motifs qui font agir les hommes.

— Monsieur, me répondit-il en souriant, un homme qui, se promenant aux Tuileries, évite la chaleur, la poussière et la foule, est certainement un animal rare. Je ne suis pas étonné qu'il ait excité votre curiosité : pour la satisfaire, je vous dirai que, de toutes les promenades, ce jardin est celui qui plaît le plus à mes yeux ; qu'en y fuyant le monde que d'ailleurs je hais, j'y trouve l'air et la fraîcheur, avec l'avantage d'être dans un lieu qui m'est agréable. Si vous désirez savoir qui je suis, je souhaite que vous soyez plus habile que moi. Il y a quarante ans que je travaille à me connaître, sans avoir pu y réussir. »

Cette réponse me donna plus d'envie de continuer la conversation.

Moi. — Dire qu'on ne se connaît pas, c'est prouver qu'on a fait bien des recherches sur soi-même.

L'Inconnu. — C'est du moins être de bonne foi ; c'est peut-être avoir appris que le cœur de l'homme est un labyrinthe où l'on se perd, un caméléon qui trompe les yeux les plus attentifs et les plus pénétrants.

Moi. — Vous avez raison ; mais il me semble pourtant qu'il y a des situations où la volonté des hommes est toujours déterminée dans un même sens, et qu'il existe des caractères marqués qui ne se démentent point.

L'Inconnu. — Cela se peut : mais réfléchissez-y ; vous verrez que la volonté des hommes est toujours soumise à l'influence du moment, aux circonstances. Quelquefois ce moment se prolonge : le hasard ne fait point changer les circonstances : la volonté se soutient, et l'on usurpe la réputation d'un caractère suivi.

Moi. — Quoi ! vous pensez que ces hommes qui ont soutenu avec fermeté les vicissitudes d'une vie pleine d'orages, et qui l'ont terminée par une mort courageuse, n'ont pas mérité la réputation de la plus grande contenance ?

L'Inconnu. — Je crois que l'amour-propre était le ressort qui les animait dans les événements exposés aux regards des autres ; mais les avez-vous suivis dans leur vie privée ? Me répondrez-vous que ce courage, cette grandeur d'âme n'ont pas échoué mille fois contre des choses futiles, mais cachées ?

Allez, Monsieur, ne soyez jamais la dupe des comédies jouées sur un grand théâtre! Ce n'est point là qu'il faut chercher à démêler le cœur humain; c'est dans le vôtre propre : tous les cœurs sont faits sur le même modèle. Il n'y a de différence que dans leurs inclinations.

Moi. — En vérité, Monsieur, la façon dont vous parlez ajoute encore au désir que j'avais d'entrer en conversation avec vous. Me permettrez-vous de vous demander quel état vous avez embrassé?

L'Inconnu. — Je n'en ai plus maintenant, après en avoir essayé plusieurs.

Moi. — Cette réponse me met dans le cas de vous faire des questions multipliées, qui pourraient vous devenir importunes.

L'Inconnu. — Pour vous les épargner, je ne demande pas mieux que de vous raconter quelques épisodes de ma vie : je vous prierai seulement de souffrir que je vous taise mon nom et celui des gens que je citerai. Je les désignerai sous des noms supposés, pour me faire mieux entendre.

« Cadet d'une assez grande maison, je fus destiné, par ma famille, à l'état ecclésiastique. L'éducation que je reçus rendit mes premières années assez pénibles. Toutes les choses qu'il faut savoir dans l'état auquel j'étais voué, demandent une étude fatigante et très ennuyeuse. Un de mes oncles, évêque, se chargea de moi. C'était un homme vertueux et rempli du sentiment de ses devoirs. Quoique jeune encore, j'examinai sa conduite : je fus effrayé de la sévérité des mœurs d'un ministre de la religion, qui doit la faire pratiquer et la rendre respectable. L'impunité de beaucoup d'évêques qui déshonorent le sacerdoce, ne me rassura point. L'avilissement personnel qui suit toujours un état mal rempli, me parut, de tous les maux, le plus affreux. Arrêté cependant par la timidité, compagne inséparable de la première jeunesse, je n'osais déclarer la répugnance que j'avais pour être prêtre. Tourmenté sans cesse de cette idée, mon humeur s'en ressentit. Mon oncle s'en aperçut : il ne lui fut pas difficile de pénétrer la cause de mon chagrin. Il me fit appeler un matin dans son cabinet. « Mon « neveu, me dit-il, je lis dans votre cœur : « votre tristesse m'annonce qu'il n'est point « d'accord avec ce que vos parents ont « décidé de vous. Faites vos réflexions ; son- « gez qu'un beau nom est le seul patri- « moine qui vous attende ; avantage dé- « sirable, lorsqu'il est accompagné de « richesses qui peuvent en soutenir l'éclat ; « mais fardeau pesant dans la misère. En « vous faisant prêtre, ces richesses ne peu-

« vent vous manquer, et vous obtiendrez, « jeune encore, et sans peine, ce que vous « n'oseriez espérer dans tout autre état, « après les plus grands travaux et dans la « vieillesse la plus avancée. Si cependant « vous ne vous sentez point les dispositions « nécessaires à cet état, ne différez pas d'un « instant : prenez un autre parti. Tous les « inconvénients auxquels vous vous expo- « serez, ne sont pas comparables à celui de « ne point tenir les engagements que vous « aurez pris dans la société. » Mon oncle ajouta même, en levant les yeux au ciel : « N'est-il pas affreux qu'à l'âge où l'expé- « rience ne peut éclairer notre choix, les « hommes ont exigé qu'on décidât du sort « du reste de sa vie ? »

« Enhardi par l'ouverture que me faisait mon oncle, je lui déclarai mes vrais sentiments ; et, peu de temps après, je retournai dans la maison de mon père.

Moi. — Je pense bien comme vous sur l'état ecclésiastique. L'opulence qu'il procure quelquefois, ne me paraît pas dédommager des entraves qui s'y trouvent sans cesse. S'occuper de détails vétilleux et fatigants, au fond d'un diocèse ; rechercher tous les malheureux ; se refuser, pour donner aux autres ; être en garde contre ses moindres actions, de peur du scandale ;

commander à d'autres prêtres qui tâchent de se soustraire à votre autorité ; être le fermier d'un temporel dont on ne peut disposer, et qui toujours est attaqué : voilà la vie d'un évêque. Mais je vous supplie de vouloir bien poursuivre un récit que j'écoute avec intérêt.

L'Inconnu. — Lorsque j'arrivai, ma mère était morte. Mon père me reçut fort mal. « J'avais songé, me dit-il, à vous rendre heureux; mais puisque votre indocilité s'y refuse, il faut vous satisfaire. Vous aurez le temps de vous repentir du parti que vous prenez aujourd'hui. Pour vous accoutumer de bonne heure au malaise auquel vous êtes destiné, je ne veux pas que vous connaissiez l'aisance qui règne dans ma maison; je ne veux pas même vous mettre dans le régiment de votre frère, où vous seriez encore trop bien traité. Je viens d'obtenir pour vous une lieutenance dans celui d'un de mes amis, et vous n'avez qu'à vous préparer à l'aller joindre demain. »

Moi. — C'est une chose incompréhensible que le despotisme des pères ! De tous les êtres qui peuplent le monde, les hommes seuls osent se l'arroger. La docilité des enfants ne viendrait-elle point de l'impression de leur première faiblesse, de l'habitude qu'ils ont d'être dominés par leur père, et d'une sorte de respect pour leur expérience ?

L'Inconnu. — Cela peut y faire ; mais soyez convaincu que la piété filiale, dont on a fait une vertu, ne doit son origine qu'à l'avarice, aux richesses qu'on attend de ses pères. Voilà le vrai fondement de leur despotisme, et de la soumission des enfants.

« Le mien me fit partir pour Valenciennes, où mon régiment était en garnison.

« Les leçons de mon oncle m'avaient plus frappé que la dureté de mon père. Ayant quitté l'habit de prêtre, par la crainte de ne pouvoir en remplir les engagements, je me donnai tout entier à ceux du métier que je venais d'embrasser. Beaucoup d'activité, quelqu'intelligence, me firent choisir pour aide-major, poste qui demande bien des soins et des pas, dans un jour. Accoutumé dès longtemps à réfléchir, je jugeai bien vite que ceux qui commandent aux autres n'en sont au fond que les esclaves. Sans cesse autour du soldat, occupé de ses besoins, de sa santé, de sa discipline, de l'avertir de ses devoirs, je reconnus que je leur devais tout, tandis qu'à l'obéissance près, ils ne me devaient rien. Quelquefois, outré de fatigue, je me rappelais la vie tranquille que j'avais menée, sans pourtant la regretter.

Moi. — En effet, il y a un peu plus de fatigue dans la journée d'un aide-major, que dans celle d'un séminariste.

L'Inconnu. — Oui, mais bien de l'ennui de moins. J'aimais mon métier, et j'aurais compté mes peines pour rien, si j'avais été content d'ailleurs ; mais j'étais soumis à des chefs, pour la plupart imbéciles. Ils s'en prenaient à moi de leurs propres fautes, et me faisaient souvent supporter leur humeur. En butte à la jalousie de mes camarades, par ma façon d'être, différente de la leur, ils tournaient mon application en ridicule. Je soutins pendant quelque temps leurs plaisanteries; mais un jour, qu'on me poussa plus qu'à l'ordinaire, je me fâchai. Je pris à partie celui de la troupe qui me plaisait le moins. Il me répondit vivement. Je ne cédai point, et nous en vînmes à des propos qui veulent satisfaction. Nous nous battîmes. Je reçus un coup d'épée au travers du corps. Mon sort n'était pas assez heureux pour être tourmenté de la crainte de mourir. Je regardai même ma blessure comme un événement moins fâcheux, que si j'avais tué mon adversaire, ce qui m'aurait contraint d'aller chercher dans les pays étrangers un asile contre la rigueur des lois.

Moi. — Car les mêmes hommes qui ont arrangé qu'une injure ne pouvait être lavée que par du sang, ont fait des lois pour proscrire celui qui se conformerait à cet usage.

L'Inconnu. — Trouvez-vous bien plus raisonnable, qu'un homme, déjà victime de la mauvaise humeur d'un autre, soit encore forcé d'exposer sa vie pour en tirer vengeance ? La société des hommes n'est qu'un tissu de contradictions et de choses mal vues.

« Je fus plus tôt rétabli de ma blessure, que je n'avais osé l'espérer. Mon combat avait fait du bruit ; et la première fois que je reparus à l'assemblée, tout le monde s'empressa de me témoigner de l'amitié. Parmi les femmes, il y en eut une qui me montra tant d'intérêt et de joie du retour de ma santé, qu'elle me fit une vive impression. Elle possédait bien des avantages pour toucher le cœur d'un homme de mon âge. Aux traits les plus réguliers, elle joignait tout l'éclat de la jeunesse. Sa vivacité piquante ajoutait encore à ses grâces ; en un mot, elle était faite pour plaire. Je fus séduit, et je ne tardai pas à lui déclarer mes sentiments. J'en fus si bien reçu, qu'en très peu de temps, il ne me resta plus rien à désirer. Monsieur, vous avez sans doute éprouvé le charme d'une première conquête ; ainsi, je ne vous ferai pas le détail de mon bonheur. J'en étais tellement occupé, que je négligeais mes devoirs. Le colonel du régiment m'en reprit avec dureté. J'y fus sensible, et je me livrai plus exactement à mes fonctions, sans prendre sur ma tendresse. Mon repos seul en souffrit, et certainement je n'aurais pu résister, sans une catastrophe à laquelle je ne devais pas m'attendre.

« La gaieté du caractère de ma maîtresse excitait la mienne. Nous joignions à nos amours, des enfantillages naturels à nos âges. Un soir, sachant qu'elle n'était pas chez elle, j'imaginai d'aller me cacher dans sa chambre, pour la surprendre à son retour. A peine avais-je eu le temps de me placer de façon à me dérober à ses premiers regards, que je l'entendis qui rentrait. Je fus surpris de distinguer une autre voix que la sienne. La curiosité, les ménagements que je croyais lui devoir, me portèrent à ne point sortir de l'endroit où j'étais caché. Un seul rideau me couvrait ; au moyen de quoi, je reconnus aisément qu'un de mes camarades lui donnait la main : cela me parut assez simple. Mais, que devins-je, lorsque je vis cette maîtresse que j'adorais, et pour laquelle je me serais sacrifié mille fois, renvoyer ses gens, et prodiguer à mon camarade les caresses les plus tendres ; puis, joignant l'ingratitude à la perfidie, s'oublier au point de faire d'amères plaisanteries sur mon compte ! Je fus si saisi de ce spectacle, que je restai longtemps sans avoir presque l'usage de mes sens. Enfin, revenant à moi, je sortis de dessous mon rideau. Vous pouvez vous imaginer quel effet produisit mon apparition subite. Je pris le ton ironique ; et, quoique pénétré de douleur, je m'en tirai fort bien. Ce qui vous surprendra peut-être, c'est que mon camarade me parut mille fois plus embarrassé que ma maîtresse.

Moi. — Point du tout. Je reconnais bien là l'audace d'une femme démasquée. Vous fûtes bien heureux que le hasard vous eût empêché d'être dupe plus longtemps.

L'Inconnu. — Oui, si les maux auxquels expose la certitude d'être trompé, ne sont pas plus fâcheux qu'une duperie qu'on ignore : l'un et l'autre peuvent se défendre.

« Quoi qu'il en soit, je ressentis le plus violent chagrin de cet événement. J'étais d'autant plus peiné, que je voulais cacher ma douleur. Le désir de la vengeance trouvait place parmi les sentiments tumultueux qui m'agitaient. Vous savez peut-être que, dans toutes les villes de province, il y a deux ou trois femmes qui se disputent l'avantage de la beauté, des succès. La haine est le fondement de leurs affections réciproques, et les moyens de s'enlever leurs conquêtes sont leur unique occupation. Pour me venger de mon infidèle, j'imaginai d'adresser mes vœux à celle de ses rivales qu'elle haïssait le plus. J'exécutai mon projet. Il eut la suite la plus heureuse et la plus prompte. J'avais eu soin de cacher ma funeste aventure : par conséquent, ma nouvelle maîtresse, ignorant mon véritable motif, attribua mon hommage au pouvoir de ses charmes. Il était simple qu'elle s'y trompât. Au goût qu'elle prit pour moi, se joignit le triomphe de m'enlever à son ennemie : voilà bien des raisons pour ne pas me faire soupirer longtemps. Je passais donc, des bras d'une femme perfide, dans ceux d'une beauté qui m'aimait, et j'eus la satisfaction de jouir du chagrin qu'en ressentit ma première maîtresse, et de toutes les démarches qu'elle fit pour m'attirer de nouveau dans ses fers. Ces menées furent inutiles, quoique je sentisse bien distinctement que je l'aimais encore.

Moi. — Enfin vous voilà donc heureux ! J'en suis ravi.

L'Inconnu. — Point du tout. J'étais aimé ; mais je n'aimais point ; et ces attentions qu'on avait pour moi me paraissaient insipides. Ces détails, ces inquiétudes de la tendresse, si délicieux pour deux cœurs également épris, me fatiguaient. Les reproches que je me faisais, de mon ingratitude, augmentaient la gêne de mon état. Je voulus essayer d'en sortir ; et craignant autant l'air des mauvais procédés, que le malheur de rester plus longtemps dans ma situation, je m'avisai d'un moyen que je crus qui concilierait tout, et que je regardai comme infaillible. Un de mes camarades était de la plus jolie figure du monde ; il joignait à cet avantage celui d'avoir assez de grâces dans l'esprit, de la gaieté, de l'étourderie, en un mot, tout ce qu'il faut pour séduire une femme. J'ouvris mon cœur à ce jeune homme, et je lui demandai de me supplanter. Je n'eus pas de peine à le persuader. Il me promit de me débarrasser promptement de ma maîtresse. En pareil cas, on ne manque jamais de confiance : il m'en montra tant, que dès ce moment je me regardai comme renvoyé. Je respirai. En effet, Blancourt (c'est le nom de mon camarade) rendit des soins. Bientôt il en eut de si marqués, que tout le monde les vit, et crut que j'étais le seul, selon l'usage des maris et des amants en titre, à ne pas m'en apercevoir. Je lui donnais, comme bien vous pensez, le plus beau jeu du monde : cependant, j'examinais ses progrès. Lorsque j'étais présent, ma maîtresse le recevait à merveille, et même poussait l'adresse jusqu'à lui faire des agaceries; mais lorsque j'étais absent,

Blancourt me rapportait qu'elle était beaucoup plus froide, et même qu'elle était on ne saurait plus réservée, dans le tête-à-tête. Il calmait les inquiétudes que me causait une telle conduite, en m'assurant qu'elle ne pouvait tenir encore longtemps, et qu'en un mot, si elle l'y contraignait, il en viendrait à des partis qu'on regarde comme infaillibles, dans la garnison. Je le croyais; mais voyant qu'il n'avançait pas, je le tourmentai pour mettre en usage les derniers moyens. Enfin, il vint un soir chez moi.

« — Tout est manqué, me dit-il; ah! quelle femme! Ce qui vient de m'arriver est incompréhensible.

« — Ah! je suis perdu! m'écriai-je. Quoi! je serai donc éternellement aimé?

« — Aimé! reprit Blancourt; adoré; mais de l'adoration la plus forte que j'aie vue de ma vie. Figure-toi qu'à dessein de pousser l'aventure à bout, je me suis rendu chez madame de ***, à neuf heures, temps où chacun, retiré chez soi, me donnait le moyen de terminer ton affaire, sans être interrompu. J'ai commencé par lui dire tout ce que la tendresse peut inspirer de plus vif et de passionné. D'abord, elle ne m'a répondu qu'en plaisantant; ensuite elle m'a fait les plus grandes instances de m'en aller, et d'un air qui montrait que je l'importunais à l'excès. Piqué de cette réception, et voulant accomplir mes desseins, je me suis mis à ses genoux ; j'ai pris avec violence une de ses mains : je l'accablais de baisers. Ensuite, poussant mes entreprises par degrés... Une lionne n'a pas plus de force et de rage, qu'elle m'en a montré dans cet instant. Furieuse, et se dérobant de mes bras : « Insolent, m'a-t-elle dit, je ne sais à « qui tient que je n'appelle mes gens pour « vous faire traiter comme vous le méritez ! » Elle a prononcé ces mots avec tant de majesté, qu'elle m'en a décidément imposé. J'étais à genoux : j'y suis resté, sans trop savoir pourquoi. « Monsieur, a-t-elle ajouté « très gravement, votre âge et votre étour- « derie sont les seules excuses de l'oubli « dans lequel vous venez de tomber. N'ayez « jamais la hardiesse de mettre les pieds « chez moi. Un peu de coquetterie, peut- « être, et beaucoup d'histoires que la jalou- « sie des femmes ont inventées sur mon « compte, vous ont fait apparemment me « méconnaître. Quoique votre conduite me « dispensât de toute explication, cependant « je veux que vous connaissiez mon cœur. « Apprenez qu'il déteste et méprise un fat « assez téméraire pour m'outrager au point « que vous venez de le faire; d'ailleurs, il « y règne un sentiment qu'aucune séduc

« tion, ni même le temps ne pourront effa-
« cer. Si j'ai souffert vos soins, c'est qu'ils
« importaient à mes desseins. Le peu de
« discrétion que vous avez mis dans votre
« conduite avec moi, ne demandait pas plus
« de ménagements dans la mienne avec
« vous. »

« En achevant ces mots, elle est sortie de la chambre, et m'a laissé fort effarouché de l'aventure.

« — Me voilà donc condamné sans ressource », dis-je tristement à Blancourt..... Vous riez!

Moi. — Je vous en demande pardon; mais le moyen de m'en défendre? Vous me montrez comme un très grand malheur d'être adoré d'une femme aimable, et qui, ce me semble, méritait votre attachement.

L'Inconnu. — Et voilà précisément ce qui faisait mon supplice. Plus je semblais lui devoir, plus je me reprochais mon indifférence; et plus je faisais d'efforts pour la vaincre, moins j'y parvenais. J'éprouvais l'inconvénient de toutes les passions, où l'on ne voit jamais un égal degré de tendresse, où, par conséquent, le malheur est réciproque : car il est peut-être aussi fâcheux de se voir arracher des soins par la reconnaissance, que d'en rendre qui ne soient pas reçus par un amour aussi vif que celui qui les dicte.

Moi. — Il faut convenir que les situations même les plus riantes, ne se peignent pas d'une façon agréable à votre imagination.

L'Inconnu. — Ce n'est pas ma faute. Je vois les choses du point de vue d'où les aperçoit tout homme qui a vécu et qui a réfléchi.

« Je fus donc condamné, comme je viens de vous le dire, à voir encore madame de***. Il fallut bien m'y soumettre. Je demeurai quelque temps dans cette gêne. Ma patience était à bout, lorsqu'un événement imprévu me tira de peine. Je reçus une lettre de mon père, d'un style bien différent du sien. Il m'apprenait que mes deux frères aînés étaient morts de la petite vérole, à dix jours l'un de l'autre; il m'appelait *son cher fils*, et *la seule consolation que le ciel lui laissât.* Il m'ordonnait de me rendre auprès de lui.

« Je ne me donnai que le temps d'aller prendre congé de mes supérieurs, et de voir encore ma maîtresse. J'avoue que, lorsque je pris congé d'elle, sa douleur me toucha. Je lui dis tout ce que je pus imaginer pour la calmer. Quelque peu qu'on soit affecté, le cœur renferme une sensibilité qui, remuée, prend aisément le caractère d'un sentiment plus fort : j'en eus toute l'apparence, dans ce moment. Cela suffisait au désir que j'avais de me bien séparer d'une femme à qui sûrement je devais des attentions.

« Je fus reçu de mon père, en fils unique. Il avait obtenu pour moi le régiment de mon frère aîné. Il m'en apprit la nouvelle, et j'en fus transporté de joie. J'aimais fort le service, et ce qui me procurait de l'avancement ne pouvait que m'être infiniment agréable. Ce sentiment n'était point traversé par le chagrin d'avoir perdu mes deux frères. Exilé de ma famille, à peine les connaissais-je. Je passerai rapidement sur les temps du deuil et des regrets qui régnèrent dans notre maison, pour arriver à celui où mon père voulut me marier. Effrayé par le sort de mes frères, quelque désir que je lui montrasse d'aller à mon régiment, il ne voulut point consentir à me laisser partir qu'avant que je n'eusse une femme. Quoique possesseur de grands biens, le dérangement de ses affaires avait engagé ses terres; de façon que, pour les libérer, il lui fallait une grosse somme d'argent, qu'il ne pouvait trouver qu'en me mariant dans la finance. C'est le parti qu'il prit. J'épousai la fille d'un fermier général, qui me donna beaucoup d'argent, et des parents embarrassants, à qui cependant on ôta bientôt la permission de venir chez moi. Me voilà pourvu d'une femme fort jolie, fort coquette, qui d'abord prit (comme cela se voit ordinairement) beaucoup de goût pour moi. Je menais une vie fort heureuse, ou, pour mieux dire, fort turbulente. Neuf sur chaque objet, je les trouvais tous charmants, et je ne savais auquel me livrer de préférence. Les commencements d'un mariage opulent sont toujours délicieux. La profusion dans tous les genres attire dans une maison une affluence de monde qui participe aux plaisirs, comme elle en entretient la durée. Je fis mille connaissances, entre lesquelles je choisis celles qui me plurent davantage, pour en faire des amis. Parmi ce nombre, Darcenville me fit plus d'impression que tous les autres. Il était d'un caractère doux, plein d'esprit, de gaieté, de politesse : son seul défaut était une ambition outrée.

Moi. — Ah! pour le coup vous voilà content!

L'Inconnu. — On l'est toujours, lorsque le tourbillon entraîne, et que, sans réflexion sur le passé, sur l'avenir, et sur ce qui nous environne, l'attrait de l'instant nous occupe uniquement. Mais combien ce temps-là dure-t-il, dans la carrière des hommes? Un moment, qui semble même n'être accordé que pour mieux faire sentir le vide qui le suit.

« Quelqu'agréable que fût la vie que je menais, l'envie d'aller à mon régiment me tourmentait. Enfin vint le temps où mon devoir m'y appelait. Je partis, laissant ma femme en soupçon de grossesse. Elle répandit quelques larmes, à notre séparation : je n'en versai pas ; car j'étais assez heureux, pour n'être point amoureux d'elle. Mon régiment était à Besançon. Je fus reçu par le corps avec toutes les marques d'empressement imaginables. Les premiers jours se passèrent en joies, en festins ; mais bientôt ces prévenances se changèrent en discussions, par le peu d'ordre que je trouvai. Je m'aperçus que mon frère avait négligé la discipline ; je voulus l'établir, et je rencontrai la résistance que l'habitude de la licence oppose toujours à la réforme. J'employai la fermeté, les punitions. Je réussis quant à mon objet ; mais les soins et les peines qu'il fallut me donner me confirmèrent d'autant plus dans cette vérité, que j'avais déjà reconnue : c'est que plus un homme a d'autorité sur les autres, plus il devient leur esclave, s'il veut faire ce qu'il doit. D'ailleurs, délivré de l'autorité de chefs sans mérite, qui m'avaient tant importuné, je retombai sous un autre joug mille fois plus insupportable ; je veux dire, le despotisme du ministre qui, jaloux de ses droits, ou prévenu par un commis gagné, est presque toujours contraire aux choses qu'un colonel appliqué propose, pour le bien. Il fallut me soumettre à ces dégoûts; et comme mes principes étaient de remplir les devoirs de mon état, rien ne put m'en distraire. Mon régiment ne prenait pas tellement mon temps, qu'il ne m'en restât pour la société. Celle de Besançon est agréable et nombreuse. Parmi les femmes chez qui l'on me mena, il y en eut une à qui je ne rendis pas d'abord la justice qu'elle méritait. Un maintien doux et réservé faisait encore valoir les agréments de sa figure, et promettait un caractère honnête et vertueux : son esprit était juste, mais timide; il se ressentait quelquefois un peu trop de l'éducation que l'on donne ordinairement aux femmes, à qui l'on fait des principes de certains préjugés, et des monstres de tout ce qui s'en écarte. Non exempte de l'amour-propre de son sexe, elle en avait la coquetterie, sans en avoir l'indécence; et cette réserve était en elle encore plus l'ouvrage de son honnêteté naturelle, que de la crainte du blâme, quoiqu'elle y fût fort sensible. Les atteintes dont la calomnie essayait quelquefois de ternir sa réputation, lui faisaient des plaies douloureuses qui ne pouvaient être guéries que par le temps.

Sévère pour elle seule, presque toujours son imagination grossissait les torts qu'elle croyait avoir; tandis qu'elle prenait si généreusement la défense des autres, que ceux qui ne connaissaient pas son motif, mettaient sur le compte de l'affectation, ce qui venait de sa douceur et de sa bonté. Elle y joignait beaucoup d'égalité, de complaisance. Son cœur, naturellement tendre, avait besoin d'un objet qui le remplît. Telle était madame de Rennon. Elle aimait son mari, lorsque je la connus. Ce sentiment, source d'un bonheur bien vrai, ne se rapporte plus à nos mœurs; il gêne la liberté qui fait le charme de la société de nos jours. La réserve et la décence que tout mari veut de sa femme, anéantit le plaisir : la gaieté même se ressent de l'éternelle présence dont un époux amoureux accable les maisons que fréquente une femme dont il est aimé. La société, légère et corrompue, ridiculise, de son côté, cette sympathie conjugale.

« La façon d'être de madame de Rennon avec son mari me choqua; j'en fis des plaisanteries qui réussirent, qu'elle sut, et qui ne la prévinrent point en ma faveur. Cependant, je la voyais presque tous les jours. Insensiblement, sa figure me fit impression. Je ne connaissais point assez son caractère pour en faire alors tout le cas qu'il méritait : mais me sentant de jour en jour plus de penchant pour elle, je changeai de ton, et je pris autant de soin pour lui plaire, que j'avais mis peu de retenue dans mes plaisanteries. Elle s'aperçut de mon changement avec plaisir, comme elle me l'a avoué depuis ; non pas qu'elle sentît aucun goût pour moi : mais elle fut flattée de l'espérance de voir bientôt à ses genoux un homme qui l'avait bravée jusqu'à lui donner des ridicules ; se proposant, lorsque j'en serais là, de me braver à son tour. L'Amour prend toutes sortes de formes pour entrer dans un cœur. Il emprunta les traits de la vengeance ; et madame de Rennon ne le reconnut que lorsqu'il ne fut plus temps de le combattre. Toujours franche, toujours naturelle, elle convint avec moi de mon triomphe, dès qu'elle le vit ; elle se fiait sur le pouvoir de ses préjugés, pour la garantir des suites. En effet, quoique mon devoir ne m'obligeât que de passer trois mois à mon régiment, j'y restai neuf mois, qui furent en vain employés à tout ce que l'amour le plus tendre peut inventer de séduisant. Rien ne me réussit. Madame de Rennon recevait avec joie les preuves de mon attachement, et me montrait le plus grand intérêt ; mais je ne pus en obtenir davantage. Il fallut la quitter, pour revenir à Paris. Je reçus la nouvelle que ma femme était accouchée d'un garçon. Notre séparation fut touchante : nous nous aimions véritablement. Elle me promit de m'écrire souvent. La certitude de recevoir de ses lettres m'aidait à supporter l'idée que j'allais m'en éloigner. Ma femme ne me reçut point, à mon retour, comme la sensibilité qu'elle m'avait montrée, à mon départ, devait me le promettre. Je crus remarquer en elle beaucoup de contrainte. Elle me querella de n'avoir pas envoyé quelqu'un, avant moi, l'avertir de mon arrivée. « Ma vue inopinée, disait-elle, lui avait causé un saisissement dont elle se ressentirait longtemps. » Je répondis doucement à cette incartade, et je n'y gagnai rien. Je trouvai le même ton d'aigreur dans toutes les choses qu'elle me dit. Je la priai de faire fermer sa porte, afin que je pusse donner au repos, au plaisir de la revoir, le reste de la journée. Elle me répondit que si je voulais de la solitude, je n'avais qu'à me renfermer dans ma chambre; qu'on ne viendrait point m'y troubler : que, pour elle, elle ne faisait que commencer à revoir le monde ; qu'elle avait plusieurs personnes à souper. J'étais confondu de tout ce que j'entendais. Je ne fus pas longtemps à soupçonner la cause d'un changement si prompt. La compagnie étant arrivée, je vis un jeune homme, d'une fort jolie figure. Ma femme rougit en me le présentant, et tout le monde se mordit les lèvres. Cela fut suffisant pour m'ouvrir les yeux : je ne fis semblant de rien. Le souper se passa gaiement ; cependant je reconnus que je gênais, quoiqu'on n'eût pas grande attention pour moi. Le lendemain matin, mon père me fit dire de venir le trouver, dans son appartement.

« Monsieur, me dit-il, je ne prétends « point attaquer la conduite de votre « femme, ni même la soupçonner; mais « elle s'est fait une société que je n'approuve « point, et qui l'entraîne dans une vie trop « dissipée : cela n'a bonne grâce pour au- « cune femme, et principalement pour une « personne de son âge. Mon devoir est de « vous en avertir; le vôtre est d'y mettre « ordre. »

« Je répondis à mon père tout ce que je crus capable d'éloigner des idées dont je n'étais que trop convaincu : car, c'est encore une des ridiculités du rôle de mari, que cette obligation de prendre à tort et à travers le parti de sa femme. Je lui promis de parler à la mienne, et l'assurai que très certainement elle se prêterait à tout ce qui pourrait lui plaire. En effet, j'eus une grande conversation avec elle, conversation que sa colère interrompit plus d'une fois; elle la fit principalement retomber sur moi : « il lui paraissait tout simple que l'humeur de l'âge agît sur mon père; mais, pour moi, c'était, de bonne heure, prendre des travers. Cependant elle connaissait l'esclavage attaché nécessairement à la condition de femme; et peut-être aurait-elle la complaisance de supporter mes caprices, s'il s'agissait de toute autre chose que de sacrifier ses amis, faiblesse à laquelle elle ne consentirait de sa vie. » Je me trouvai très embarrassé, non pas pour moi, car, à vous parler franchement, la conduite de ma femme m'était assez indifférente. Mais l'humeur violente et despotique de mon père me fit craindre que le peu de cas que l'on faisait de ses ordres ne produisît un éclat. Je ne me trompai point. Voyant que les choses continuaient sur le même pied, il me demanda l'explication de cette conduite. Je ne donnai que de mauvaises raisons; je n'en avais point d'autres : il s'emporta violemment, et finit par me dire que je n'avais qu'à sortir de chez lui; qu'il ne prétendait pas se donner le blâme de tolérer cela dans sa maison; que quand je serais dans la mienne, ne partageant plus le ridicule dont je me couvrais, il serait le premier à s'en moquer.

Moi. — Je reconnais la dureté de l'âge. Il semble qu'elle efface les situations où l'on s'est trouvé soi-même, et qu'elle fasse oublier combien l'on traitait alors d'injuste la rigidité de ceux dont on dépendait.

L'Inconnu. — C'est l'ouvrage de l'amour-propre et du désir de la domination. Tant que nos forces nous permettent de nous livrer à nos passions, les succès qu'elles procurent suffisent pour nous faire jouer un rôle dans la société, pour nous y donner une sorte de prééminence. Mais, lorsque les glaces de l'âge ont détruit en nous ce qui nous rendait propres à cette société, nous voulons encore y tenir, et même être remarqués. Alors les préjugés, si contraires au feu des passions, si convenables à la vieillesse, si puissants sur l'esprit des hommes, quelques efforts qu'ils fassent pour se soustraire à leur empire, remplacent ce que nous avons perdu. L'attachement qu'on fait paraître pour eux, est l'unique considération à laquelle on puisse encore prétendre. Joignez à cela le malheur de la privation et la jalousie qu'inspire la puissance des autres, vous trouverez le principe de l'humeur et de la dureté des vieillards. On a dit qu'il y avait des hochets pour tous les âges : voilà le leur.

« La façon dont mon père m'avait parlé me

mit dans la plus grande perplexité. Je connaissais l'inflexibilité de son caractère; je voyais bien qu'il m'était impossible de rien gagner sur l'esprit de ma femme : je sentais que les laisser plus longtemps ensemble, c'était m'exposer à des scènes que la dureté de l'un, et la mutinerie de l'autre, ne pouvaient manquer de produire. D'un autre côté, me séparer de mon père, c'était faire un éclat que je craignais. Il fallait cependant prendre un parti; je ne savais auquel me résoudre. Dans cet embarras, j'imaginai d'avoir recours aux lumières de Darcenville. Je lui confiai ma situation; je lui demandai conseil. « Votre position est fâcheuse, me dit-il; mais je ne balancerais pas un moment; je quitterais la maison de mon père. La malignité ne peut que vous imputer un tort; au lieu qu'en vous rangeant de son côté, contre votre femme,vous vous verriez entraîné nécessairement à des procédés qui vous donneraient des ridicules. Le hasard, notre sottise, ou l'art des femmes, nous ont rendu leur réputation personnelle, et d'une façon d'autant plus fâcheuse, que le point duquel elle dépend, n'est qu'une misère, et, comme telle, susceptible de plaisanterie. Il n'y a que les suites de cela qui peuvent être sérieuses : mais outre que le public entre rarement dans ces calculs, lorsqu'il blâme, il n'a jamais en vue le maintien des mœurs. La malignité seule est son motif. Il faut donc que le mari qui fixe ses regards, s'attende à devenir l'objet de ses railleries; car, dans quelque détail qu'on puisse entrer, je vous l'ai déjà dit, le point principal est toujours à côté du ridicule. Cette première impression anéantit toutes les considérations raisonnables. »

Moi. — Ce Darcenville-là voyait fort bien.

L'Inconnu. — Je le trouvai comme vous, et je suivis son conseil. Je me séparai de mon père, et j'eus le chagrin, après avoir pris le parti qui me parut le plus sage, d'être généralement blâmé.

Moi. — Oui; c'est encore un des agréments de la vie, d'être toujours jugé sans qu'on sache les circonstances, et, souvent, sans qu'on daigne les peser, quand on les connaît.

L'Inconnu. — Débarrassé de la gêne de me trouver entre mon père et ma femme, je retombai dans un autre embarras, celui d'être *mari trompé*. Ce n'est pas assurément que j'en fusse affecté, quant à moi; mais l'étant il fallait en jouer le personnage, et ce rôle est plus difficile qu'on ne pense. Un mari prétend-il interdire l'entrée de sa femme, il oblige l'un et l'autre à se chercher dans les lieux publics, à se donner des rendez-vous clandestins. Le premier moyen fait spectacle; le second se découvre, et tous les deux éternisent les propos. Si, plus fâcheux encore, il poursuit sa femme dans ces ressources, et les lui ravit, c'est le moyen d'amener des éclats, ou tout au moins de l'humeur et de la mésintelligence, qui lui font un enfer de sa maison; et bien souvent encore le fruit de ses peines n'est que de faire renvoyer l'amant en titre, pour en prendre un autre. Si, plus doux, et sûrement plus sage, il fait semblant de ne rien voir, on le taxe de bêtise; on diminue le soin que sa femme prend de se cacher de lui, pour augmenter son ridicule.

« Je sentais tous ces inconvénients, et je n'y voyais guère de remède. J'eus encore recours à mon ami.

« Qui vous oblige, me dit-il, de vivre
« avec votre femme? Prétendez-vous gros-
« sir le nombre des bons ménages du temps,
« et, traînant de maison en maison le flam-
« beau de l'Amour conjugal, en offusquer
« jusqu'à la vôtre, ennuyer votre société de
« vos chastes flammes, afin d'y servir de
« risée?

« Suivez l'exemple des maris d'autrefois :
« jamais on ne les voyait avec leur femme;

« ils savaient par là joindre aux liens du « mariage les douceurs du célibat, n'excé- « daient point le public de leur présence, et « ne le rendaient pas témoin de la fausseté « de le tromper. D'ailleurs, moins l'on se « voit, plus l'on se retrouve, plus on s'é- « loigne de l'humeur et des dissensions où « conduisent nécessairement la fatigue « d'être toujours ensemble, et cette vie com- « mune que chacun voudrait diriger à sa « fantaisie. »

« Darcenville avait raison ; je le crus, et je m'en trouvai bien. Je m'éloignai de la société de ma femme. Jamais je ne me trouvais chez moi, lorsqu'elle y donnait à souper ; et quand, par hasard, j'avais à lui parler, je me faisais annoncer comme une visite. Elle me recevait toujours à merveille, parce que, n'exigeant plus rien d'elle, elle ne me rendait que ce qu'elle voulait, et que, désirant de remplir les devoirs d'une femme honnête, affranchie de la gêne journalière, elle se portait avec joie à ces démarches d'éclat toujours satisfaisantes pour l'amour-propre d'une femme.

« De mon côté, j'avais pris une petite maison où je donnais à souper à mes connaissances. J'y demeurais presque toujours, et je n'en étais pas plus heureux. Loin des malheurs qui m'assiégeaient chez moi, je retombais dans ceux de la société, qui sont innombrables. Si je cherchais à plaire à une femme, j'excitais la jalousie des autres; un succès m'attirait celle des hommes. D'un mot échappé sans dessein, on me faisait une tracasserie; d'une malice, une noirceur; on m'imputait celles des autres. L'ingratitude payait les services que je rendais; la légèreté récompensait mes prévenances officieuses, et l'indiscrétion, ma confiance. On me faisait de mes goûts des ridicules, et de mes torts des crimes. Ne trouvant partout qu'injustice, fausseté, jalousie, le monde me devint insupportable.

« Quand je n'aurais pas été très amoureux de madame de Rennon, la différence de son caractère à ceux que j'avais sous les yeux, aurait suffi pour m'attacher. J'en recevais des lettres très régulièrement, et c'était le seul plaisir pur que j'eusse, quoiqu'il me fit encore sentir plus vivement le chagrin d'en être séparé. Les soins du nouvel arrangement que j'avais été forcé de suivre, m'avaient retenu à Paris plus longtemps que je n'avais pensé. Je profitai du premier instant dont je pus disposer pour retourner à Besançon. J'y fus reçu avec les transports de la joie la plus vive. Je retrouvai madame de Rennon encore plus tendre que je ne l'avais quittée : je l'adorais; elle m'aimait véritablement. Le moyen qu'elle persistât éternellement à me refuser ce qui manquait encore à mon bonheur? Je parvins à le combler. Il ne me resta plus de vœux à former que pour sa durée.

Moi. — Cette fois-ci, vous conviendrez que vous étiez content?

L'Inconnu. — Je l'étais certainement par la possession de l'objet de tous mes désirs, et par la certitude que madame de Rennon avait pour moi les sentiments que j'éprouvais pour elle. Mais dans mon bonheur même, je trouvais la source de beaucoup de contrariétés et de chagrins. Désirant de passer ma vie avec madame de Rennon, la timidité de son caractère m'en ôtait les moyens. Tantôt c'était la crainte des regards du public, tantôt le désespoir de la perte de sa réputation qu'elle regardait comme ternie à jamais. Quelquefois l'empire des préjugés agissait sur son âme, et la jetait dans des regrets que l'amour le plus tendre ne pouvait calmer. Les moindres objets l'effrayaient. L'entrée subite d'un valet suffisait pour la troubler, et m'empêcher de jouir de sa tendresse. En un mot, un rien me l'enlevait; et j'étais contraint de joindre à la privation l'idée, l'affreuse idée qu'elle n'était à moi que par un charme plus puissant que ses forces. Joignez à tout ce que je viens de dire les ménagements qu'elle était obligée d'avoir pour son mari, vous avouerez que mon sort n'était pas aussi doux qu'on aurait peut-être pu le croire.

Moi. — Il n'y a donc point de bonheur?

L'Inconnu. — De bonheur parfait, non. Par le bonheur, on entend une jouissance permanente : où peut-elle exister? Nos situations dépendent de tant de circonstances, qu'il est impossible qu'elles se combinent de façon à procurer un état stable : de là, les privations, les contrariétés, par conséquent, le malheur. Si, par un hasard bien rare, cet état désirable ne se détruit pas, alors la satiété et le dégoût prennent bientôt la place des inconvénients et produisent le même effet. Ce que je vous dis semble vous affliger, Monsieur; tâchez de ne point réfléchir; vous en serez moins malheureux.

Moi. — Vous m'éclairez trop; et dans cet instant, il vient de se retracer à ma mémoire plusieurs situations où j'ai cru que j'étais heureux, et vous me faites voir que je n'étais que plus tourmenté.

L'Inconnu. — Consolez-vous : si la vérité se dévoile à vos yeux, et que vous soyez convaincu que les hommes, en changeant de situation, ne font que changer de peine, du moins, verrez-vous qu'ils ont le plaisir du changement, et c'en est un. Les premiers instants de toutes choses ont une vivacité qui donne du relâche à ces inconvénients de la vie, malgré le tableau que je viens de vous faire, et que vous m'avez contraint de vous montrer, du mauvais côté.

« L'honnêteté de madame de Rennon, et sa tendresse pour moi, me procuraient des moments qui me dédommageaient de ce qu'elle me faisait souffrir d'ailleurs, et dont le charme me faisait oublier qu'ils n'étaient que passagers. Je me flattais que le temps et l'habitude triompheraient de ses scrupules. En un mot, j'avais l'espérance ; l'espérance, ce bienfait de la nature, dont la précieuse illusion nous soutient au comble du malheur, et qui, compagne inséparable de l'humanité, semble encore ajouter à ses succès, en même temps qu'elle diminue ses revers.

« Les soins de ma tendresse, auxquels se joignaient ceux que je donnais à mon régiment, dont je m'occupais sérieusement, remplissaient mes journées.

« Il y avait déjà quatre mois que j'étais à Besançon, sans avoir entendu parler de ma femme, lorsque j'en reçus une lettre pleine d'amitié. Cette attention m'étonna. Cependant, comme nous n'étions pas brouillés, je l'interprétai comme une apparence d'honnêteté qu'elle voulait avoir avec moi, et que peut-être elle s'imposait, pour reconnaître la manière pleine de douceur dont je m'étais conduit avec elle. Huit jours après, j'en reçus encore une autre qui me surprit davantage. Elle entrait dans un plus grand détail, et même me parlait de mes affaires, qu'elle prétendait se ressentir de mon absence. Elle jetait quelques soupçons sur la conduite de mon intendant, qu'elle disait avoir fait éclairer, et dont elle n'avait pas été contente. Cette seconde lettre fut suivie d'une troisième, où ma femme me parlait de mon intendant. Elle ajoutait qu'il était ridicule qu'un homme comme moi passât sa vie dans une garnison; qu'à peine étais-je connu à la Cour; qu'il était temps de m'y faire des amis; que, désirant une fortune militaire, je m'écartais absolument du chemin qu'il fallait prendre.

« Je ne pouvais revenir de la surprise que me causait tant d'intérêt. Je m'en ouvris à madame de Rennon qui, sachant les termes où j'en étais avec ma femme, m'en parut inquiète; elle y voyait un retour de tendresse. Cependant, toujours honnête, elle essaya de me dissimuler ses véritables sentiments; et même elle fit ce qu'elle put pour m'engager à retourner à Paris, en me disant que je le devais à ma femme, ainsi qu'à ma fortune. Je sentis tout le prix de ce conseil, auquel pourtant je n'aurais pas acquiescé, sans une dernière lettre qui m'apprit que mon père était à toute extrémité. Il fallut encore me séparer de madame de Rennon, avec d'autant plus de peine, que je l'aimais davantage. Quelque diligence que je fisse, je ne pus me rendre assez promptement à Paris. Mon père était mort, lorsque j'arrivai. Ma femme me reçut avec toutes les démonstrations imaginables. Il n'y avait pas longtemps que j'étais descendu de voiture, lorsqu'il entra dans la chambre où j'étais avec elle, un homme botté qui lui remit une lettre. Après l'avoir lue, elle tira sa bourse, et la lui donna. Puis, se tournant de mon côté, elle me pria de lire la lettre. Je vis qu'elle était d'un homme de la Cour, qui paraissait avoir beaucoup de crédit. Elle était conçue à peu près en ces termes :

« Je vous fais mon compliment. Votre « mari, Madame, a le gouvernement de son « père : il est bien heureux d'avoir une « femme comme vous; il ne le doit qu'à vos « sollicitations. J'espère que vous serez con- « tente de moi. »

« J'avoue que je fus étourdi de cette nouvelle. J'avais besoin que ma femme me laissât seul, afin de me remettre de ma première surprise. Elle passa dans son cabinet pour faire réponse. Je l'aimais et l'estimais trop peu, pour n'être pas très fâché de lui devoir

.... Elle lui prodiguait les caresses les plus tendres.... (page 13.)

cette grâce. J'admirai la bizarrerie du sort; il empoisonnait le bienfait, en me le faisant tenir d'une main qui ne pouvait m'être que très désagréable. Cependant, étant même obligé de me refuser à ce sentiment, je me taxai d'ingratitude et d'injustice, de ne pas oublier les torts passés, pour un procédé présent. Je me promis bien que, si mon cœur s'éloignait d'une affection qui m'était impossible, du moins mon extérieur cacherait ses mouvements. En effet, aussitôt que ma femme eut expédié son courrier, j'employai tous les moyens pour la convaincre de ma reconnaissance. Elle me raconta que, voyant mon père fort mal, elle avait caché son état avec soin, pour avoir le temps de prévenir l'homme dont elle venait de recevoir une lettre, afin qu'il pût faire des démarches, avant que qui que ce fût s'en doutât; que la chose avait réussi; qu'elle regardait cet événement comme le plus grand bonheur qu'elle pût obtenir dans sa vie. Elle accompagna son récit des choses les plus tendres, et même de caresses assez vives; ce qui me persuada que madame de Rennon ne s'était point trompée. J'en étais véritablement affligé; car je ne pouvais donner à ma femme un cœur qui n'était plus à moi; d'ailleurs, je me sentais une aversion pour elle, que j'essayai vainement de surmonter pendant le peu de jours que je fus à Paris. Il fallut aller à la Cour. Un homme qui n'a que des remerciements à faire, y trouve tous les visages riants et toutes les portes ouvertes. Quoique, pour mon début, je n'en connusse que les fleurs, cependant ce pays me parut fort étrange. Les gens que je connaissais le plus me semblèrent avoir une autre façon de penser à la Cour qu'à la Ville; leur maintien même était changé. J'examinais chaque chose avec soin, et je me trompais sur toutes, parce que je jugeais sur les apparences, et que le grand art des courtisans est d'en montrer d'absolument opposées à ce qu'ils pensent. Esclaves serviles du crédit dans quelque état qu'ils se trouvent, hauts et dédaigneux vis-à-vis de tout homme inutile, leur vie n'est qu'une comédie continuelle, dangereuse pour ceux qui représentent sur le même théâtre, mais méprisable, pour quiconque sait les pénétrer et fuir leurs intrigues.

« Je ne demeurai à la Cour que le temps nécessaire. Je me pressai de revenir à Paris, où j'étais rappelé par les affaires que me donnait la mort de mon père. J'espérais les terminer promptement, pour pouvoir retourner à Besançon, y retrouver madame de Rennon, et m'éloigner de ma femme, qui me fatiguait de plus en plus de ses empressements. Les premières impressions du service qu'elle m'avait rendu s'étaient effacées ; elles avaient fait place à celles de sa conduite passée. J'informais de tout madame de Rennon, dans mes lettres, et ses réponses étaient remplies de ce qu'elle pouvait imaginer devoir me rendre au moins un peu galant pour ma femme ; elle allait jusqu'à me menacer de se brouiller avec moi, si je m'y refusais.

« Il y avait plus de trois mois que j'étais avec des créanciers et des gens d'affaires, sans être plus avancé que le premier jour, lorsque Darcenville, cet ami dont je vous ai déjà parlé, vint me trouver un matin dans ma chambre. D'abord, il me parla de mes intérêts ; et faisant insensiblement tomber la conversation sur mon régiment, il me dit qu'il était étonné qu'ayant donné tant de soins à le bien tenir, j'en fusse si longtemps éloigné ; qu'il avait reçu des nouvelles de Besançon, par lesquelles on lui mandait que mon absence s'y faisait remarquer.

« Je fus d'autant plus surpris de ce qu'il me disait, que, recevant très régulièrement des lettres du major, il ne me parlait d'aucun désordre. Je le priai de s'expliquer plus clairement. Il répondit qu'il ne le pouvait, puisqu'on n'avait rien désigné de particulier ; qu'on lui marquait simplement qu'en général, il n'était plus bien. Je repartis que les affaires que mon père m'avait laissées me tenaient trop à cœur, pour les abandonner avant que de les finir.

« Mais je vous croyais amoureux, me dit-il.

« — Assurément, je le suis, répondis-je, et « je suis convaincu que vous seriez mon « rival, si vous connaissiez l'objet de ma ten- « dresse.

« — Il faut que vous y comptiez beau- « coup, reprit-il, pour vous en séparer aussi « longtemps. On n'est pas venu jusqu'à « votre âge sans savoir que c'est jouer gros « jeu. »

« Cette réflexion me troubla. Mais, revenant bientôt à moi, je me reprochai d'oser soupçonner madame de Rennon, et je le dis à Darcenville.

« Sa conversation ne me fit pas d'abord l'impression que j'éprouvai lorsqu'il fut parti. L'empressement qu'il m'avait montré pour que je quittasse Paris ne me parut pas naturel, d'autant qu'il était instruit de l'importance des raisons qui m'y retenaient. En cherchant à pénétrer son motif, j'imaginai qu'il avait pris du goût pour ma femme et que ma présence le gênait. Je m'arrêtai d'autant plus volontiers à cette idée qu'elle me fit plaisir. J'aimais beaucoup Darcenville, c'était un moyen de le voir plus souvent chez moi. Maître de l'esprit de ma femme, j'étais bien sûr qu'il la conduirait de la façon qui me serait le plus agréable. Je me rappelai que je l'avais trouvé plusieurs fois tête à tête avec elle ; j'avais cru leur voir à tous deux un air fort embarrassé.

« Je ne tardai pas à reconnaître que je m'étais trompé.

« Fort peu de jours après ma conversation avec Darcenville, ma femme me fit prier de passer dans son appartement. Lorsque j'y fus, elle fit fermer sa porte, avec ordre à ses gens de nous laisser. Après leur avoir donné le temps de s'éloigner, elle prit la parole :

« Monsieur, me dit-elle, vous pouvez vous rappeler qu'unis l'un à l'autre suivant l'usage, c'est-à-dire, par convenance, sans nous être choisis, sans même nous connaître, nos cœurs ne se sont point soumis aux liens que nous avons acceptés sans amour. Je vous crois trop juste pour ne pas, faisant taire le préjugé, mettre dans la même balance nos devoirs réciproques et nos torts mutuels. Je pourrais vous dire que je vous ai conservé la plus véritable amitié, la plus sincère estime ; il n'y a pas encore longtemps que je vous en ai donné des preuves. Mais je ne sais ce que c'est que de me faire valoir sur un point que me dictait mon inclination. D'ailleurs, je ne prétends point vous prévenir en ma faveur, ni provoquer un retour sur vous-même, pour voir lequel de nous deux s'est éloigné le premier de l'autre. Notre sexe est sujet à des inconvénients auxquels n'est point exposé le vôtre. Ne vous en prenez qu'à vous, si je suis contrainte aujourd'hui de vous faire un aveu que ma situation rend nécessaire. Je n'ai rien négligé pour voiler un mystère qui peut-être vous fera quelque peine à pénétrer; mais vous vous êtes refusé constamment à tous les moyens que j'ai mis en usage; j'ai même osé me confier à votre ami, pour qu'il essayât d'éloigner vos regards d'un événement que j'aurais enveloppé d'ombres impénétrables, si vous m'aviez mieux secondée. Rien ne m'a réussi. Le temps me presse de vous instruire. Vous m'entendez, Monsieur : qu'ordonnez-vous? Voulez-vous que, me cachant aux yeux du monde, je donne le jour à un être qui ne sera point à vous, et qu'en nous exposant à l'indiscrétion de quelque confident, nous nous rendions tous les deux l'objet de la malignité publique? Déclarerai-je mon état? Voulez-vous adopter un enfant dont vous n'êtes pas le père? couvrir d'un voile obscur une situation où beaucoup d'autres se sont trouvés avant vous? Voulez-vous, me regardant plus en ami qu'en mari, m'aider dans un événement aussi cruel, et mériter un attachement aussi durable que ma reconnaissance? »

« J'étais si confondu de tout ce que j'entendais, et surtout de l'assurance avec laquelle ma femme parlait, qu'il y avait déjà longtemps qu'elle ne disait plus rien, quand je rompis le silence.

« Madame, lui dis-je, vous me voyez émerveillé de votre éloquence; mais, comme elle n'est pas aussi persuasive qu'elle est brillante, je vous demande du temps pour me déterminer. »

« Et sur cela, je sortis, et n'eus rien de plus pressé que d'envoyer chercher Darcenville.

« Je ne suis plus étonné, m'écriai-je, lorsqu'il entra dans ma chambre, de l'empressement avec lequel vous vouliez me faire partir de Paris; ma femme vient de m'éclaircir votre motif. J'ai besoin de votre secours, dans l'alternative du choix qu'elle me met à portée de faire, ou d'adopter le fruit de ses amours, ou de l'ensevelir dans l'obscurité qui lui convient. Cependant, n'ayez pas assez mauvaise opinion de moi, pour croire que je me sois laissé persuader par sa morale, ni que je consente à donner à mon fils un frère ou une sœur indigne de lui.

« — Pourquoi? me répondit froidement

Darcenville. Aimez-vous mieux déshonorer sa mère, exposer un jour votre fils à des procès qui peut-être le ruineraient? Car enfin, la loi vous donne cet enfant.

« — La loi me le donne! interrompis-je avec colère; faut-il la suivre lorsqu'elle est injuste?

« — Doucement, reprit Darcenville; ne tombez pas dans le cas de tous les hommes en général, qui ne la jugent qu'au moment qu'elle les contrarie. Cette loi prévient plus d'inconvénients qu'elle n'en a de réels. Vous la voyez dans l'instant de la passion; cependant souvenez-vous qu'elle est le fruit du sang-froid, de la combinaison et de l'expérience.

« — Quoi! vous croyez, lui dis-je, que je pourrai gagner sur moi de m'y soumettre?

« — Je dis plus, me répondit-il : il le faut; et, comme votre ami, je l'exige.

« — Eh bien! lui répliquai-je, je me livre entièrement à vous. Allez trouver ma femme, si vous voulez; annoncez-lui le parti que vous me forcez de prendre. »

« En effet, lorsque je fus seul, mes réflexions me menèrent à trouver que Darcenville avait raison. Vous ne serez pas étonné, qu'ajoutant ce dernier incident à l'éloignement que j'avais déjà pour ma femme, elle ne me fût devenue insupportable : on le remarquait jusque dans les moindres choses, lorsque le hasard ou la nécessité nous faisait trouver ensemble. Le public, ignorant ses torts, et sachant que je lui devais mon gouvernement, blâma ma conduite. Darcenville m'avertit des propos, et m'apprit que je passais dans le monde pour un ingrat, pour un homme de peu de principes. Je m'emportai contre lui. Je lui reprochai le parti qu'il m'avait fait prendre; parti qui, sans diminuer mes chagrins, donnait atteinte à ma réputation. Il me dit sur cela des choses raisonnables qu'il fallut bien adopter. A quelqu'excès que nous entraîne la colère, la raison a toujours des droits sur nous, auxquels elle nous force de nous rendre. Peu de temps après, j'eus à soutenir un assaut qui fut plus pénible encore, parce qu'il fallut étouffer les mouvements de rage qu'il éleva dans mon cœur. Une femme, intime amie de la mienne, me fit prier de passer chez elle : je m'y rendis. Elle avait eu soin que nous fussions seuls. Elle commença son discours par une longue justification sur sa démarche, qu'elle trouvait, disait-elle, hasardée, me connaissant aussi peu. Elle me pria de l'excuser, en faveur de l'amitié qui en était le motif; et puis, entrant en matière, après l'énumération la plus complète des rares qualités de ma femme, elle entra dans le détail des obligations que je lui avais ; et, comme vous le croyez, mon gouvernement jouait là le rôle principal. Ensuite, retombant sur ma conduite, elle la taxa d'injustice; et conclut à ce que je changeasse; sans quoi, j'avais à craindre que ma femme ne se rendît aux conseils de ses amis, qui tous étaient d'avis qu'elle en vînt à un éclat, plutôt que de continuer à vivre avec un homme qui la rendait malheureuse. Mettez-vous un moment à ma place, et vous vous représenterez ce que je souffrais. J'eus cependant la force de me contraindre. Je dis ce que je pus, et sûrement je dis fort mal. Mais je ne m'échappai point : c'était en vérité tout ce qu'on pouvait exiger de moi. Je finis le plus tôt qu'il me fut possible un entretien aussi fâcheux, et je sortis, dans la ferme résolution de m'éloigner de Paris, aux dépens même de mes affaires. La guerre qui se déclara me fit faire par devoir ce que j'étais résolu d'exécuter pour mon repos. Je reçus ordre du ministre de me rendre à mon régiment. J'y volai confier à madame de Rennon les chagrins qui remplissaient mon âme d'amertume. J'eus la consolation de voir la part sincère qu'elle y prenait. Ce n'était point cet intérêt de décence que toute femme se croit obligée de montrer à son amant; occupation d'un moment, dont le moindre objet détourne et distrait : madame de Rennon avait sans cesse ma situation devant les yeux. Tous les partis se présentaient à son imagination, sans qu'elle osât en admettre aucun. La timidité, dans ce cas, est toujours le caractère d'un grand attachement. Son esprit ne lui fournissant nulle ressource sans inconvénient, elle tombait souvent dans un chagrin dont j'étais forcé de la tirer en cherchant toutes les consolations que je pouvais inventer. Malgré tant de tendresse, je crus remarquer quelques changements en elle : je lui trouvais des instants de réserve avec moi, qui m'étonnèrent. Quelquefois, s'abandonnant à la rêverie, madame de Rennon fixait ses yeux sur moi ; je les voyais se remplir de larmes. Je voulus pénétrer la cause de cette conduite. Elle la rejeta sur l'effet que lui faisaient mes chagrins ; mais, trop vraie pour bien dissimuler, je m'aperçus qu'elle me trompait. Je fis de vains efforts pour lire dans son âme ; et j'eus le chagrin de partir pour l'Allemagne, avec l'inquiétude que me causait son silence, que je soupçonnais renfermer un secret funeste. Quelqu'affligé que je fusse de cette idée, j'aimais trop le service pour n'être pas distrait par le plaisir de me trouver à la guerre. C'est là qu'un homme qui veut s'instruire et montrer de la bonne volonté, remplit ses journées, de façon que rarement se trouve-t-il vis-à-vis de lui-même. Le nouveau genre de vie que je menais me plut infiniment; mais, malheureusement, né pour réfléchir, l'illusion de la nouveauté n'agit pas assez puissamment sur moi, pour m'empêcher de chercher à pénétrer les ressorts cachés qui faisaient agir chacun. Je vis à l'armée, comme partout où il y a des hommes rassemblés, de la flatterie, de la bassesse, de la jalousie, de la perfidie. Je trouvai le soldat surchargé de travaux et de misère, ardent à s'abandonner à la licence qui souvent lui coûte la vie et qui toujours entraîne des maux dont tout le monde se ressent; l'officier accablé de malaise et du despotisme de ses supérieurs, auxquels il ne peut se soustraire qu'au risque de sa perte, et d'entraîner celle de l'armée, en détruisant une subordination nécessaire; des généraux mal d'accord entre eux, jaloux de leurs succès, ressentant une joie maligne de leurs revers, qui, tendant tous au même but, cherchent mutuellement à s'écarter, les uns les autres, de la route qui doit y conduire; un chef qui, sous les apparences d'un culte, est entouré de gens qui trament sa chute, de flatteurs bas qui le déchirent en secret, ou d'audacieux qui lui tiennent tête, en affichant le motif spécieux du bien public. Souverain à l'armée, ce chef est esclave à la Cour; devant rarement sa place à son mérite, il la tient ou d'un ministre, ou d'un confesseur, ou d'une maîtresse, ou d'un valet. Élevé par l'intrigue, l'intrigue seule peut le soutenir; aussi l'occupe-t-elle uniquement : ses jours ne sont qu'un tissu d'incertitudes, d'agitations et de craintes. Voilà ce que me parut une armée.

« Cependant je m'y plaisais : soit préjugé d'éducation, soit toute autre raison, le goût des armes paraît dominant dans tout homme qui se sent de l'élévation et des moyens.

« Il y eut peu d'événements pendant la campagne. Les larmes de madame de Rennon n'en furent pas moins vives; ses lettres en étaient remplies, ainsi que des marques d'amitié les plus touchantes : mais si ce sentiment était exprimé, dans ses lettres, avec toute la chaleur possible, celui de la tendresse s'y démentait de jour en jour. Je lui témoignais mon inquiétude, sans pouvoir obtenir aucun éclaircissement. Enfin, j'en reçus une lettre qui m'a fait une impression trop forte pour qu'elle ne me soit pas présente encore :

« C'en est fait, je renonce au bonheur « de ma vie. Un pouvoir trop puissant « m'arrache de vos bras; je cède la victoire « au seul maître qui pouvait l'emporter sur

« vous : je l'ai trop disputée, pour que vous « puissiez me taxer de légèreté dans le parti « que je prends. J'abandonne un monde où « tout est fini pour moi : il ne me paraîtrait « plus qu'une vaste solitude, puisque je n'y « serais plus pour vous. M. de Rennon « m'accorde la permission de me retirer au « fond d'un cloître, où je vais m'occuper à « pleurer les égarements dans lesquels vous « m'avez entraînée : trop heureuse, hélas! « si je puis parvenir à ne pleurer qu'eux! « Adieu. Oubliez-moi, ou plutôt que le « ciel fasse luire à vos yeux le même rayon « de lumière dont il m'a frappée! il m'or- « donne de vous fuir; et quel cœur m'a-t-il « donné pour un tel sacrifice! »

« Cette lettre fut un coup de foudre pour moi. Je fus vingt fois sur le point de tout abandonner, pour voler à Besançon. Les mouvements les plus violents s'emparèrent de mon âme. J'écrivis à madame de Rennon une lettre remplie du désordre où j'étais. Je ne trouvai point la poste assez prompte pour m'en apporter la réponse; j'envoyai mon valet de chambre, homme de confiance, avec ordre de faire la plus grande diligence. Je ne vécus point pendant le temps que dura son message : son retour acheva de m'accabler. Il me rapporta que, quelqu'adresse qu'il eût employée, il n'avait pu parvenir à faire remettre ma lettre à madame de Rennon; quelle était dans son couvent; qu'elle n'y recevait absolument que M. de Rennon qui venait quelquefois à la grille. Je ne crus point à ce récit; je m'emportai contre mon valet de chambre, et je le fis repartir sur-le-champ. Son second voyage ne fut pas plus heureux que le premier : je n'en tirai d'autre fruit que la certitude affreuse qu'il fallait renoncer à madame de Rennon. Cette idée me jeta dans un désespoir horrible. Je soupirais après la fin de la campagne. Elle arriva; et dès que je le pus honnêtement, je pris le chemin de Besançon. Je n'y trouvai que de nouveaux chagrins. Madame de Rennon persista constamment à se rendre inaccessible, quelqu'effort que je fisse pour pénétrer dans sa retraite. Des lieux qui me rappelaient sans cesse le bonheur que j'avais perdu, ajoutaient encore de nouvelles plaies à celles que j'avais déjà. Plongé dans la douleur la plus profonde, une seule idée me flattait : celle de suivre l'exemple de madame de Rennon; elle avait semblé le désirer. D'ailleurs, adopter sa façon de penser, c'était en quelque manière m'en rapprocher, y tenir encore. J'avais entendu dire que Dieu suffit au cœur d'un dévot : le mien était trop ulcéré pour que je ne recherchasse pas à le guérir. Je m'informai quel était le directeur de madame de Rennon. J'allais le voir, et lui confier mes desseins. Je ne trouvai qu'un homme borné, qui me parla des joies du Paradis et des flammes de l'Enfer. Jaloux de me convaincre, je lui proposai des doutes; mais il en savait trop peu pour les résoudre. Il ne me resta de ma conversation avec lui, que le chagrin de voir quel homme m'avait enlevé madame de Rennon, et d'être plus convaincu que jamais de la force des préjugés, qui reprennent leur empire, à la moindre occasion, lorsqu'ils agissent sur un caractère faible.

« L'inutilité de mes démarches auprès de madame de Rennon, et le peu de secours que je trouvai dans son directeur, me rendirent Besançon un séjour insupportable : je me pressai de l'abandonner. Le souvenir du changement de madame de Rennon, qui, tant que je vivrai, causera mes regrets, m'a fait oublier de vous dire que ma femme était accouchée d'une fille, pendant que j'étais à la guerre, et qu'un lait répandu l'avait mise dans un état funeste. Je la trouvai condamnée de la poitrine, à mon retour à Paris. Elle ne vécut même que peu de temps, et ses derniers moments furent cruels pour moi. Elle me montra tant de repentir, et me dit des choses si touchantes, que je fus contraint de lui donner des larmes sincères.

Cette femme, dont je vous ai déjà parlé, qui m'avait fait essuyer un entretien si fâcheux, suivant l'indiscrétion de son caractère, me reprocha sa mort, en l'attribuant aux chagrins, à mon avarice, à la dureté d'en avoir exigé plusieurs enfants, malgré la délicatesse de sa complexion. Elle a tenu les mêmes propos dans le monde ; ils ne manquèrent pas d'y prendre faveur, comme tous ceux qui ternissent la réputation de quelqu'un.

« Tant de contrariétés réunies me plongèrent dans une mélancolie, dans un abattement dont rien ne pouvait me tirer. Darcenville était le seul homme que je voulusse voir. Il me rendait les soins les plus assidus. Dans nos conversations, je lui fis part du dessein que j'avais eu de devenir dévot. Quoiqu'il fût fort éloigné de cette façon de penser, il tâcha de réchauffer en moi ce désir. « C'est un nouvel objet, me disait-il : saisissez-le. Dans la situation où vous êtes, tout ce qui peut vous distraire est le but où vous devez tendre. » Il fit plus ; il m'amena chez moi un des plus fameux directeurs du temps. Ce n'était plus ce confesseur de province, qui, la balance de la justice à la main, ne m'y montrait que les punitions et les récompenses divines : c'était un homme doux, d'un caractère liant, qui tâcha de connaître le mien, pour trouver le chemin de mon cœur, et qui, profitant de l'aveu de mes chagrins, qu'il me surprit adroitement, en prit avantage pour me détacher d'un monde qui les avait fait naître. En appuyant ses raisonnements sur des vérités morales, il me conduisit insensiblement à la nécessité d'un frein pour les passions, et, de cette nécessité certaine, à celle d'une religion, et par conséquent d'un culte. Alors, la physique, la métaphysique, la chronologie, lui fournirent des preuves pour me convaincre, et pour faire une conversion qui semblait piquer son amour-propre. Il en vint à bout; et, grâces à ses soins, je fus au nombre des bonnes âmes. En changeant de façon de penser, il fallait nécessairement changer de société; car un instinct machinal nous porte à fuir ceux qui diffèrent de nos idées, comme à rechercher ceux qui les adoptent. Mon directeur me mena lui-même chez plusieurs femmes d'une vertu reconnue, et me conseilla de me lier avec quelques hommes qu'il m'indiqua. Je n'avais garde de ne pas obéir ponctuellement. Un directeur est un maître absolu; son autorité se fonde sur la mauvaise opinion qu'il a l'art de nous inspirer de nous-même, et sur les secours qu'il nous fait espérer de ses lumières, et de son intérêt pour nous.

« La paix qui se fit cet hiver-là, me donna

le moyen de me livrer tout entier au nouveau genre de vie que j'avais embrassé. Mon directeur m'avait dit que j'y trouverais cette tranquillité d'âme et ce bonheur après lequel chacun court. Je l'attendais inutilement, de jour en jour, d'heure en heure. La société des gens de bien est sujette, ainsi que toutes les autres, a beaucoup d'inconvénients. L'orgueil qu'inspire l'opinion de valoir mieux que les autres, en bannit d'indulgence; par conséquent, la médisance y domine. Elle s'y cache cependant sous des traits empruntés, qui ne servent qu'à la rendre encore plus fâcheuse. Elle s'y soutient par la dureté que tout dévot contracte, en pensant que, s'étant sacrifié, il peut en exiger autant des autres. Comme j'étais de bonne foi, quoique fervent, je m'étonnai de ces nuances d'imperfections que je remarquais parmi des gens que je croyais dans le chemin de la vertu. J'étaïs exact à fréquenter les églises, où j'étais plus occupé, je le confesse, à combattre les distractions, que pénétré de la grandeur des mystères qui s'y célébraient. Je m'obligeais tous les jours à dire un office; je m'échauffais la poitrine à faire maigre; et, pour honorer Dieu, je macérais et détruisais sa créature. Si l'idée de madame de Rennon me revenait, je la chassais. Ingrat par principe, je croyais faire un grand crime de me rappeler l'amitié tendre, la confiance qu'elle avait en moi, l'intérêt qu'elle m'avait toujours marqué, les secours que j'en avais reçu dans mes peines. Notre intimité me semblait marquée du sceau de la réprobation. Si je ne pouvais bannir son souvenir, j'allais mettre mes chagrins au pied des autels; là, j'éprouvais le plus grand tourment de tous, celui de ne pouvoir se livrer à sa douleur.

« J'avoue cependant que, déjà plein de l'orgueil des gens de bien, mon amour-propre était quelquefois flatté des supplices que je me faisais, et des victoires que je croyais remporter sur moi-même. Telle était ma situation, lorsque Darcenville m'apprit que M. de Rennon était mort. Dans le saisissement que me causa cette nouvelle, je ne pus que m'écrier : « *Ah! mon ami!* » Il entendit ce que signifiait cette exclamation.

« Je vous comprends, me dit-il; votre
« cœur s'ouvre à l'espérance d'allier le ciel
« et votre goût. J'ai prévu l'effet que vous
« ferait l'événement que je vous annonce;
« j'ai tout disposé pour mon départ; je vais
« offrir votre main à Mme de Rennon. »

« Me jeter dans les bras de Darcenville fut ma seule réponse. Cependant, revenu de mon premier transport :

« Pourquoi, lui dis-je, n'irais-je pas moi-même?

« — Non, il ne le faut pas, me répliqua-t-il; madame de Rennon peut ne vouloir pas quitter sa retraite : dans ce cas, elle se refuserait peut-être à vous voir. Moi, qu'elle n'a pas les mêmes raisons de craindre, je pénétrerai jusqu'à sa cellule. Rapportez-vous-en à mon amitié pour la persuader.

« — Allez donc, lui dis-je; songez qu'il s'agit du bonheur de ma vie. »

« Darcenville me quitta sur-le-champ, après m'avoir promis qu'il m'écrirait au plus tôt. Je comptai les moments, jusqu'à celui que j'avais calculé devoir m'apporter sa première lettre. Je n'en vis point arriver. Plusieurs jours se passèrent avec aussi peu de succès. Mon inquiétude était au comble, lorsque Darcenville, un matin, entra subitement dans ma chambre. Je lus mon arrêt sur son visage.

« Vous me voyez désespéré, me dit-il, mais je n'ai rien pu obtenir. A mon nom seul, madame de Rennon a volé à la grille; elle m'a accablé de questions sur votre compte, sans me donner presque le temps d'y répondre. Encouragé par ce début, je n'ai pas craint de lui faire votre proposition. Tout à coup sa vivacité s'est éteinte, ses yeux se sont remplis de larmes. « Quel nouvel assaut à soutenir, s'est-elle écriée? Que venez-vous de me dire? Hélas! il vous est aisé de juger avec quel empressement mon cœur s'élance au devant de la chaîne que vous lui présentez; mais j'ai trop irrité le ciel : ma vie ne peut être assez longue pour expier mon crime, et ce n'est qu'en consacrant le reste de mes jours à Dieu, que je puis parvenir à l'effacer. Oui, c'est un parti pris. Je ne ferai désormais usage de ma liberté que pour m'attacher à ce monastère. »

Vous pensez bien, continua Darcenville, que je me suis servi de tous les moyens pour ébranler sa résolution : j'avais bien des raisons à lui donner dont aucune n'attaquait ses principes. Elles combattaient seulement son esprit de pénitence. Une âme où règne l'amour se défend mal quand on la presse de se rendre. J'ai vu madame de Rennon chanceler; et je commençais à me flatter, lorsqu'elle m'a quitté brusquement, en me laissant dans la plus grande surprise. J'ai fait mon possible pour avoir encore un entretien avec elle sans que j'aie pu l'obtenir. Usant de toutes les ressources, j'ai voulu voir l'abbesse qui passe pour avoir de l'esprit. Elle est entrée dans mes vues; mais elle n'a pas été plus heureuse que moi. Dans mes conversations avec elle, sur madame de Rennon, elle m'a dit qu'elle était l'exemple de la communauté, par sa piété; l'objet de l'intérêt général, par sa douceur et son chagrin. Je ne vous ai point écrit, poursuivit Darcenville, parce que je n'avais que des choses affligeantes à vous mander, que je ne vous apprendrais que trop tôt. »

Moi. — Mais vous m'aviez dépeint madame de Rennon comme une femme d'un caractère faible; il me semble pourtant qu'elle a mis bien de la fermeté dans sa conduite.

L'Inconnu. — Vous ignorez donc le pouvoir du fanatisme? On peut le comparer, je crois, à toutes les passions violentes, avec ce degré de force de plus, qu'il est soutenu du préjugé qui communément condamne les autres désirs impétueux que la nature a mis en nous, et leur sert de frein. Plus une âme est faible, plus le fanatisme y règne puissamment; s'y confondant avec les principes, il y détruit l'incertitude : effet que le raisonnement produit rarement, même dans les âmes les plus fortes.

« La nouvelle que m'apprit Darcenville me jeta dans la douleur la plus vive, qui dégénéra bientôt en une humeur sombre. Occupé de ma dévotion et de mon chagrin, je ne sortais de chez moi que pour me rendre à l'église, et quelquefois à la Cour, où m'appelaient les affaires de mon régiment. Assez de temps se passa dans cet état de malheur, sans que rien pût m'en distraire. Un différend, que j'eus avec une femme qui possédait une terre voisine d'une des miennes, m'obligea d'avoir une explication avec elle : elle s'appelait madame de Mercour. La façon franche et noble dont elle me parla, me prévint en sa faveur. Je fus obligé de retourner souvent chez elle, pour y terminer cette affaire, qu'elle voulut traiter à l'amiable. Chaque fois que je la voyais, elle me plaisait davantage. Madame de Mercour était une femme de trente-cinq ans. Sa figure était encore bien, et son esprit était doué des qualités les plus précieuses. Elle joignait à tout le feu qu'on y peut désirer, une justesse, une force rares. Veuve depuis dix ans, elle menait une vie agréable. Elle s'était fait une société d'un petit nombre de gens d'esprit, très aimables, qui lui rendaient les soins les plus assidus. Elle me jugea digne d'en augmenter le nombre, et me pria, quand nos intérêts furent réglés, de continuer à la voir. J'y fus exact. Outre le goût que j'avais déjà pour elle, les gens que j'y voyais me plaisaient infiniment, et j'en vins à passer toutes mes soirées chez elle. J'essuyai dans ce temps un de ces dégoûts auxquels les militaires sont souvent exposés. Des gens qui ne pouvaient se vanter d'autant d'application, ni de services que moi, mais mieux à la Cour, furent faits brigadiers à mon préjudice. Je criai beaucoup, je menaçai de quitter. On ne tint compte de mes clameurs, et je fus contraint d'ajouter à mon mécontentement, l'idée mortifiante du peu de cas que l'on en faisait. Un soir que, plein de mon humeur, j'en faisais le détail le plus amer chez madame de Mercour, je m'écriai, en m'adressant à un homme de robe :

« Vous êtes bien heureux! Dans votre métier vous n'avez point à craindre ces injustices!

« — Vous connaissez bien mal notre état, me répondit-il, si vous le préférez au vôtre. Vous avez quelques peines, j'en conviens; mais combien de choses vous en dédommagent! au lieu que rien n'émousse les épines que nous rencontrons sans cesse sur nos pas; car enfin, qu'est-ce que la vie d'un magistrat? Sécher sans relâche sur des affaires ennuyeuses et difficiles; exister dans l'appréhension qu'une circonstance omise ou négligée ne cause une ruine injuste; sacrifier ses goûts et son temps au travail, pour acquérir la réputation d'un bon juge, qui ne conduit qu'à plus de travail encore, sans espoir de récompense, pas même de considération; puisqu'enfin, hors du palais, des cheveux longs suffisent pour jeter du ridicule sur celui qui les porte : tel est un homme de robe, presque avili dans la société, quoiqu'il en soit l'arbitre.

« — Je ne vois donc de ressource, lui répondis-je, que de se faire jolie femme.

« — Je ne sais si vous feriez un bon marché, me dit madame de Mercour. Je l'étais ; on peut convenir de cela. C'est un instant bien orageux, et je crois que je ne voudrais pas recommencer. Il est vrai que les succès sont flatteurs, et qu'il est assez doux de faire toujours l'occupation des gens avec lesquels on se trouve. Mais combien n'est-on pas en butte à la jalousie des autres femmes ! On devient l'objet de leur haine et de leur noirceur. Les hommes mêmes, ou piqués par des soins infructueux, ou par fatuité, souvent pour plaire à leurs maîtresses, sont les premiers à ternir la réputation d'une jeune et jolie femme. L'amitié lui semble interdite. Tout homme est pour elle un amant, et toute femme une rivale. Ajoutez à cela, le plus souvent, un mari jaloux, une mère injuste, une famille difficile, des bienséances éternelles. Vous conviendrez que c'est acheter trop cher le triomphe d'un souper, d'un bal, d'un spectacle, ou d'un lieu public ; trop heureuse encore, si cette femme peut se défendre de devenir sensible, et résister aux attaques qui l'environnent sans cesse ! car, alors, ses jours ne sont plus qu'un tissu de privations, de frayeurs, d'inquiétudes et de contrainte, outre que l'inconstance ou la perfidie sont souvent la récompense des sentiments les plus purs et les plus tendres.

Moi. — Que faut-il donc être?

L'Inconnu. — N'être pas né; c'est le seul moyen d'éviter le malheur.

« La société de madame de Mercour avait fort diminué ma dévotion. Cependant, comme j'avais été convaincu, je sentis en moi cette espèce de reproche intérieur qu'on éprouve, lorsqu'on s'éloigne des principes qu'on avait embrassés. Incertain sur ce que je devais me permettre, j'eus recours à madame de Mercour pour me guider. Le cas que je faisais de son esprit et de son honnêteté méritait cette confiance. Un jour que nous nous trouvâmes tête-à-tête, je lui demandai ce qu'elle pensait sur la religion, parce que jamais il ne m'avait été possible de m'assurer de sa croyance.

« Vous me faites une question, me dit-elle, à laquelle je n'aime point à répondre. Que dire sur un point où la raison ne peut nous guider, où le premier précepte est de croire sans approfondir, où nous sommes dirigés par des hommes qui n'ont aucun avantage sur nous, et qui, pour le plus souvent, ne sont distingués dans la société que par leurs habits? Tout ce que l'on voit ramène à se persuader qu'il est un Être souverain; mais de quelle nature est-il? Veut-il un culte, n'en veut-il point? Jamais cet être ne s'est manifesté qu'à des hommes privilégiés qui nous ont transmis ses volontés. Depuis qu'il existe des sociétés, on a trouvé dans chacune des traces d'un culte. La cause en est, disent les philosophes, que les hommes sentant leurs propres faiblesses, cherchent dans un être surnaturel des secours qu'ils ne peuvent trouver ailleurs. Ce raisonnement ne me satisfait pas. J'ignore à quelle fin Dieu m'a fait naître. Si les flammes de l'enfer existent, peut-être est-ce pour m'y plonger pendant l'éternité. Mais comme il a prévu que mes déréglements l'exigeraient de sa justice, pourquoi m'a-t-il fait naître? Pourquoi la révélation ne s'est-elle pas étendue sur toute la terre? Pourquoi les apôtres n'en ont-ils parcouru qu'une partie? En un mot, pourquoi la religion n'est-elle pas une? J'avoue que, d'un autre côté, l'accomplissement de la proscription des Juifs m'étonne, et que j'y trouve de quoi confondre l'esprit le plus fort. Je ne me suis arrêtée, dans tout ce que je viens de vous dire, que sur la religion chrétienne, parce que je trouve qu'il n'y a qu'elle qui, par la beauté de sa morale, mérite qu'on cherche à l'approfondir. Une considération qui me semble encore bien embarrassante, c'est le penchant éternel qui nous porte à faire ce que défend la loi. Quel peut avoir été le but du Créateur, de nous laisser des passions auxquelles il faut sans cesse résister, lui qui, d'un seul mot, a fait cet Univers? Que ne nous a-t-il créés parfaits, puisqu'il veut que nous le soyons? Il vous aurait ôté le moyen de mériter, répondent les docteurs; mais cette décision, qui dérive d'une justice exacte, ne peut convaincre la raison. Aussi voyons-nous, dans toutes les religions, l'admission des deux principes opposés qui se combattent sans cesse, et qui produisent le mélange de biens et de maux qui nous frappe; mais si ce mélange se montre sur la terre, pourquoi n'en voit-on aucune trace dans le système de l'Univers, où tout est soumis à des lois immuables qui retiennent chaque chose dans l'ordre nécessaire? En un mot, Monsieur, poursuivit madame de Mercour, la religion est une nuit profonde que la raison ne peut éclairer, où l'esprit se perd. Tout homme sage conviendra qu'il n'y peut pénétrer, mais qu'il doit pratiquer le plus qu'il pourra sa morale; car elle ne tend qu'au bonheur de tous, et l'obligation de chacun de nous est d'y coopérer autant qu'il est en lui.

« — Si bien donc, repris-je, que vous pensez

qu'il faut pratiquer les vertus morales, sans trop s'occuper du culte?

« — Je ne dis pas cela, répondit madame de Mercour; je dis qu'il faut être honnête avant tout, et d'ailleurs, suivre son penchant. Pourvu qu'on observe la première condition que j'impose, le reste n'a de poids sur moi que celui d'une opinion particulière et libre. »

« Je ne suis entré dans tous ces détails de conversation avec madame de Mercour, que pour donner une idée de son caractère. Vous conviendrez qu'il était fait pour attacher. Sans sentir pour elle ce goût emporté des premières passions, elle m'inspira des sentiments plus forts que ceux de l'amitié. J'éprouvais une nécessité de me rapprocher d'elle, qui fit que je ne sortais presque plus de sa maison. Autorisé par ce qu'elle m'avait dit, mes idées de dévotion, qui s'étaient fort affaiblies, s'effacèrent entièrement, et je ne songeai plus qu'à passer ma vie avec madame de Mercour, à lui plaire. A peu près dans ce temps-là, ma fille, ou plutôt celle de ma femme, mourut. Vous croyez bien que je ne fus pas fort sensible à cette perte; mais je fus extrêmement inquiet de mon fils, qu'une petite vérole affreuse mit aux portes du tombeau. Madame de Mercour me donna, dans cette occasion, les marques du plus grand intérêt. Ce fut en lui en témoignant ma reconnaissance que je lui parlai, pour la première fois, de la nature de mes sentiments. Elle me parut fort aise de m'avoir fait autant d'impression, et ne me cacha point que je ne lui étais pas indifférent. Ravi de la trouver aussi bien disposée pour moi, je me livrai tout entier au goût que j'avais pour elle. Mes soins ne furent point infructueux. Je crus voir s'augmenter assez son penchant, pour la presser sur ce qui me restait encore à désirer. J'y fus assez embarrassé; car quoique je vécusse avec elle dans la plus grande intimité, cependant notre commerce avait quelque chose de sérieux qui m'en imposait. Au moment de m'expliquer, je fus plusieurs fois retenu par une crainte dont j'aurais eu peine à rendre raison : enfin, à force de me reprocher ma timidité, je pris sur moi de parler. Madame de Mercour me répondit par un grand éclat de rire :

« En vérité, me dit-elle, à l'embarras où vous voilà, à la rougeur qui couvre votre visage, on vous prendrait pour un écolier qui sort du collège. Rassurez-vous, je ne vous ferai pas jeter par la fenêtre. » Et voyant que le ton de la plaisanterie qu'elle y mettait achevait de me déconcerter, elle reprit plus sérieusement : « Ne me parlez plus sur un point pour lequel j'ai toujours eu la plus grande répugnance : vous me feriez une peine mortelle de me forcer de vous refuser quelque chose que je vous verrais désirer avec ardeur. Vous n'êtes plus assez jeune, et je ne suis plus assez jolie pour que ce soit là le but et le lien de notre intimité. Contentons-nous d'une tendresse sans bornes et d'une confiance aveugle. Ces deux sentiments ont assez de force pour nous attacher l'un à l'autre, et pour nous rendre heureux. »

« Ce refus me ferma la bouche, et m'affligea. Je connaissais madame de Mercour; je savais bien que je ne la ferais pas changer. Cependant, j'essayai plusieurs autres tentatives qui toutes furent infructueuses. Elle m'opposait toujours son antipathie, et par là me faisait éprouver une contrariété continuelle. Pleine de complaisance pour moi sur tous les objets, je ne pouvais rien obtenir sur celui-là seul; et, selon l'ordinaire, tous mes désirs se bornant à ce qui m'était refusé, ce que j'obtenais ne m'en dédommageait pas; c'est-à-dire que, par d'autres moyens, je n'étais pas plus heureux avec madame de Mercour, qu'avec les autres femmes avec qui j'avais vécu. Voyant que je ne pouvais rien gagner sur elle, j'imaginai de lui proposer de l'épouser; non que je me promisse du mariage ce que je ne pouvais arracher de sa complaisance. Madame de Mercour ne connaissait de lois que celles qu'elle s'imposait; mais j'avais en vue de me l'attacher par un lien de plus. Je la trouvai tout aussi éloignée de devenir ma femme, que d'être ma maîtresse sans réserve.

« La condition des femmes, me dit-elle, exige qu'elles prennent un maître, une fois en leur vie; mais lorsqu'elles sont assez heureuses pour redevenir libres, je ne conçois pas ce qui pourrait les déterminer à reprendre une chaîne toujours pesante. Je veux m'occuper sans cesse, poursuivit-elle, de vous plaire et de faire votre bonheur; mais pour que mes attentions aient du prix pour vous, il faut que vous puissiez penser que vous les devez à mon penchant, et non pas à mon devoir. Je vous aime trop pour vouloir perdre un tel mérite, et l'intérêt de notre tendresse exige le refus que je vous fais. »

« J'avais beaucoup de raisons à donner à madame de Mercour ; je n'en négligeai point, et ne gagnai rien. Enfin, il fallut me résoudre à rester son amant, ou plutôt la victime de ses caprices. Je l'aimais véritablement. Les femmes sont toujours sûres de nous maîtriser, lorsqu'elles nous ont inspiré de certains sentiments.

« Mon fils allait être en âge de débuter dans le monde. Quelque heureuses que fussent ses inclinations, c'est toujours un moment redoutable pour un père. Débarrassé des soins de l'enfance, il retombe dans des appréhensions d'autant plus fondées que le début d'un jeune homme décide le plus souvent du reste de sa vie. Tous les points demandent une attention fatigante et continuelle. Ses penchants, ses sociétés, sa santé, sa fortune, doivent être l'unique occupation d'un père. La fougue des passions l'emporte à tout instant, et pour le retenir, il faut éviter avec autant de soin la sécheresse du pédant, que la familiarité d'une trop grande confiance. Madame de Mercour me fut d'un grand secours dans ce pénible emploi. Il est donné aux femmes d'ajouter des grâces à la raison, qui la persuadent et qui corrigent l'aridité de ses conseils. Mon fils se formait chez madame de Mercour ; il y prenait le goût de la bonne compagnie, le bon ton, deux points essentiels pour un homme du monde. Le destinant à la guerre, je partageai le travers de tous les pères qui, pour se perpétuer, marient leurs enfants avant qu'ils sachent ce que c'est qu'un engagement, et quels sont les devoirs auxquels la société les oblige. Je fis épouser à mon fils une fille de qualité fort riche. Ce mariage fut approuvé de tout le monde. La naissance et les richesses sont les deux convenances qu'on calcule en pareil cas. Le caractère personnel, ni celui des familles, n'entrent jamais pour rien dans cet arrangement.

« Peu de temps après le mariage de mon fils, la guerre se déclara. Il y eut une nombreuse promotion, dans laquelle je fus compris. Peu flatté de voir mon nom confondu dans une si grande liste que beaucoup de noms déshonoraient, je menai mon fils avec moi. La campagne commença par un siège, qui donna le temps aux ennemis de se rassembler et de venir le troubler. Nos généraux se résolurent à donner une bataille, où nous nous trouvâmes Darcenville et moi placés à la même division. Nous avions devant nous un bois. L'officier général qui nous commandait ayant été tué, Darcenville, avec son régiment, s'engagea dans ce bois assez imprudemment. Il en sortit un feu terrible. Alarmé du danger de mon ami, je vole à son secours. Plus pressé de le dégager que songeant au bien de la chose, je pris avec mon régiment l'ennemi en flanc, et je le culbutai. Mon attaque eut le plus grand succès. Ce bois couvrait la gauche des ennemis, que l'on enfonça sans peine, quand nous eûmes emporté le bois.

« Je ne pus jouir de la suite de mon avantage : je reçus un coup de fusil au travers de la cuisse, qui me fit rester sur le champ de bataille au débouché du bois. Je ne faisais que de tomber, lorsque j'aperçus Darcenville. Il n'avait plus trouvé d'obstacles, et s'efforçait de gagner la tête.

« Courage ! mon ami, lui criai-je ; achevez ce que votre danger et mon amitié m'ont fait entamer.

« — Ah ! vous êtes blessé ! me dit-il en courant à moi. L'êtes-vous dangereusement ?

« — Non, lui répondis-je, ce ne sera rien. »

« Je crus remarquer du changement dans sa physionomie.

« Je suis au désespoir, me dit-il, de ne pouvoir rester avec vous ; mon devoir m'oblige de vous quitter. »

« Quoique son discours me parût assez simple, cependant l'air qu'il avait ne me le parut pas. J'avais trop reçu de preuves de son amitié, pour en inférer autre chose, si ce n'est que cette altération lui venait de la chaleur du combat. Comme nous demeurâmes maîtres du champ de bataille, je fus bientôt emporté. Beaucoup de gens de ma connaissance vinrent me voir. J'attendais toujours Darcenville : il ne paraissait pas. L'inquiétude me prit qu'il ne lui fût arrivé quelque chose. J'en demandai des nouvelles.

« Comment! me répondit-on, vous ne savez pas qu'il est allé porter à la cour la nouvelle du gain de la bataille? C'est bien la moindre chose, ajouta-t-on, qu'on pouvait faire pour lui. Nous devons le bonheur de cette journée à la manœuvre brillante qu'il a faite. »

« Ce propos m'étonna. Je fus surpris de ne m'entendre citer pour rien dans ce mouvement. Je me tus. Cependant le général me vint voir, le lendemain. Dans le compliment qu'il me fit, il ne me parla que de ma blessure et ne me dit mot sur ma conduite de la veille. Ce silence augmenta ma surprise. Je priai sa suite de me laisser seul avec lui. Quand nous fûmes tête-à-tête, je lui demandai raison de cet oubli de ma manœuvre, et de la conduite de mon régiment. Je reconnus, par ses réponses, que Darcenville avait rapporté l'affaire totalement à son avantage, et qu'il n'avait parlé de moi que comme d'un homme qui s'était avancé pour le soutenir et qui même n'avait eu que peu de part au succès, ayant été blessé dès le commencement.

« Quoique ce fût un coup de foudre pour moi, que de me voir trahi par l'homme du monde que j'aimais et que j'estimais le plus, je rassemblai le peu de force que j'avais pour apprendre au général la vérité du fait. Je ne le persuadai point : il me dit seulement que, dans l'épaisseur du bois, il m'avait été difficile de juger de la totalité de la manœuvre ; que lorsque les troupes étaient débouchées dans la plaine à la poursuite de l'ennemi, Darcenville avait la tête. Il s'en tint à ce propos et me quitta brusquement sans vouloir m'entendre. Quand je fus seul, j'eus tout le temps de m'abreuver de l'amertume de ma situation. Cependant, je pris le parti de me taire, ne pouvant me persuader que Darcenville eût eu vis-à-vis de moi cette conduite infâme. Je craignis de lui faire tort, et je voulus qu'il s'expliquât avant de le condamner.

Moi. — Quoi, Monsieur ! serait-il possible que cet homme dont vous m'avez fait un portrait avantageux se fût oublié jusque-là ?

L'Inconnu. — Hélas ! oui, Monsieur. Profitant de mon absence, il s'était attribué l'action qui m'appartenait. Sans pudeur il reçut une récompense qui m'était due ; il eut un grade, comme c'est assez l'usage quand on apporte de ces sortes de nouvelles ; et pour qu'il n'y manquât aucun désagrément, il était mon cadet.

Moi. — Ah ! je déteste Darcenville.

L'Inconnu. — Voilà les hommes : il y en

a bien peu d'intacts sur tous les points. Plus vertueux par amour-propre que par principe, l'honnêteté les guide dans les choses indifférentes ; mais la passion dominante absorbe tout, et fait paraître le cœur humain tel qu'il est. Que Rousseau l'a bien dit[1] !

Le masque tombe, l'homme reste,
Et le héros s'évanouit.

« Darcenville était ambitieux ; l'ambition lui fit tout sacrifier. Il ne fut pas longtemps absent de l'armée : il vint me voir à son retour avec une confiance qui me confondit. Je ne pus soutenir plus longtemps son audace ; j'éclatai. Loin qu'il parût embarrassé de mes reproches, il fit l'étonné de mes prétentions et nia les faits. Il se glissa bientôt de l'aigreur dans notre conversation, à laquelle je coupai court, en lui disant que j'avais besoin de repos, et que je le priais de ne plus se donner la peine de me rendre visite.

« Je n'avais plus de ménagements à garder. Je fis venir les officiers de mon régiment, que j'informai de ce qui se passait. Comme c'était autant leur cause que la mienne, ils s'ameutèrent et tinrent beaucoup de propos. Le régiment de Darcenville, par la même

1. J.-B. Rousseau, dans l'*Ode à la Fortune*.

raison, prit parti ; il y eut plusieurs combats particuliers. Cet événement fit grand bruit dans l'armée : toutes les voix se réunirent pour Darcenville. Afin de satisfaire ses vues, il s'était fait créature de beaucoup de gens ; et moi, par la vie particulière que j'avais toujours menée, j'avais à peine des connaissances. Car, à la guerre comme dans le monde, ce n'est jamais le fait, mais la prévention du plus grand nombre, qui décide la totalité. D'ailleurs, ma réclamation avait été tardive, et cela précisément semblait déposer contre moi. Dans les comptes que Darcenville avait rendus à la cour, il avait eu l'art d'attribuer tous les succès aux dispositions du général qui, par récompense, prit parti pour lui. Il écrivit au ministre contre moi. J'en reçus une lettre très sèche, où j'étais réprimandé sur ma mauvaise foi, sur la zizanie que je semais entre deux régiments. J'en fus piqué, je lui répondis avec la dernière vivacité ; ce qui me valut encore une lettre plus dure. Il me mandait que, sans l'état où j'étais, il m'enverrait dans une citadelle.

« Je pris la résolution, dès ce moment, de quitter. Malgré tous les chagrins que j'avais, ma blessure faisait tant de progrès en bien, que je fus bientôt en état de me mettre en chemin pour retourner à Paris. Aussitôt que j'y fus arrivé, j'envoyai ma démission, qui fut reçue. J'aurais abandonné sans doute avec regret un métier pour lequel j'avais toujours ressenti de l'inclination, si je n'avais reconnu que, pour avancer, il faut plutôt songer à se faire des protecteurs, qu'à se distinguer, en servant avec valeur, avec intelligence ; et ce moyen ne me convenait point. Madame de Mercour prit la part la plus vive à tout ce qui m'était arrivé. Mais, comme son caractère était de penser avec force, elle me parla plus en philosophe, qu'en amie tendre. Elle me dit que ce que j'éprouvais n'était qu'un de ces revers dont la société des hommes est remplie ; qu'il devait me servir de leçon pour m'apprendre à me suffire à moi-même, à savoir braver le jugement des autres, lorsque je n'avais rien à me reprocher ; à chercher au fond de mon cœur une tranquillité que je ne trouverais jamais parmi les vices et les passions qui gouvernent le monde. Elle avait raison. Je le sentis, et je commençais à voir ma position avec indifférence, lorsque je retombai dans un autre chagrin qui me fut extrêmement sensible. Je crois vous avoir dit que j'aimais mon fils avec une tendresse extrême, qu'il justifiait par son mérite et par les sentiments qu'il avait pour moi. Dans les arrangements de son mariage, il avait

mon fils la répétât jamais. Je fus fort étonné, lorsqu'un jour, après avoir pris beaucoup de tournures qui marquaient son embarras, il me la redemanda. Quoique je fusse très piqué de son procédé, je me contins assez pour lui faire voir avec douceur ce qu'il avait d'irrégulier. Je lui dis nettement que je voyais bien que cela ne venait pas de lui, mais de l'avarice de sa femme. Je cherchais à l'excuser ; cependant il parut me quitter un peu honteux de sa démarche, en me promettant qu'il ne songerait plus à cette affaire. Je ne puis vous exprimer ce que je sentis, lorsque, deux jours après, je reçus une assignation juridique, pour remettre cette terre. J'entrai dans la plus violente colère, et je me rendis sur-le-champ chez madame de Mercour, pour l'instruire de ce qui m'arrivait. Elle me demanda froidement ce que je comptais faire :

« Plaider, lui répondis-je ; déshériter mon fils, et ne le revoir de ma vie !

« — Voilà précisément ce qu'il ne faut pas faire, me dit-elle. Outre qu'il faut toujours éviter de plaider contre ses enfants, la terre appartient à votre fils ; vous devez la lui rendre. Quant à le déshériter, comme c'est l'acte de la plus grande sévérité paternelle, ajournez-le. Vous êtes furieux dans ce moment ; attendez pour voir s'il ne rentrera pas en lui-même, s'il se laissera toujours conduire par sa femme. Quant à lui défendre votre présence, il le mérite. »

« Madame de Mercour était un dieu pour moi. Je me conduisis selon l'avis qu'elle me donnait, sans que mon fils parût touché. J'en eus un chagrin si vif, que le temps même n'y put apporter aucun soulagement. Il n'y avait point de distraction que madame de Mercour n'imaginât pour me tirer de l'état de tristesse où j'étais. Dans nos conversations, elle me rappelait les principes philosophiques dont elle s'était utilement servie lorsque j'avais quitté le service. Mais, cette fois-ci, le cœur était affecté ; ce n'était que par un nouveau charme qu'on pouvait l'occuper. Madame de Mercour était trop habile pour ne pas le sentir. Elle me donna la plus grande preuve de tendresse qu'elle pouvait me donner, pensant comme elle le faisait.

« C'est inutilement, me dit-elle, que j'ai tenté tous les moyens possibles pour adoucir votre état. Votre malheureuse étoile vous a forcé de quitter un métier que vous aimiez. Vous aviez un fils que vous chérissiez ; il vous a manqué cruellement : il ne vous reste plus que moi, qui ne veux vivre désormais que pour vous tenir lieu de tout ce que vous avez perdu. Vous avez désiré ma main. Je l'ai refusée, tant que j'ai pensé que vous pouviez être heureux sans elle. Mais je vous aime trop pour ne pas vous l'offrir dans ce moment où je crois qu'elle peut contribuer à votre satisfaction, à votre bonheur. Je connais la façon dont vous m'êtes attaché ; ce lien sera pour votre cœur une nouvelle jouissance qui, j'espère, le détournera de la douleur dont il est accablé. »

Pénétré d'admiration et de reconnaissance du procédé de madame de Mercour, je ne voulus point abuser du sacrifice qu'elle me faisait.

« Non, Madame, lui dis-je, je n'accepterai point cette offre généreuse. Je sais votre répugnance pour le mariage ; je me reprocherais éternellement de me rendre indigne de votre tendresse, si je ne la combattais point.

« — Vous me connaissez peu, reprit-elle. La franchise et mon cœur ont toujours été les mobiles de ma conduite. Il m'en coûtera plus de vous voir malheureux, que de perdre ma liberté. Soit que votre état m'attendrisse, soit que je vous aime davantage, la chaîne du mariage ne m'effraye plus : voilà la véritable situation de mon âme. »

« Je désirais trop cette façon de penser de madame de Mercour, pour être difficile à convaincre. Je me rendis, et je l'épousai, sans ce faste et cet appareil toujours embarrassants pour ceux qui représentent, et très ennuyeux pour les autres. Nous nous renouvelâmes au pied des autels, et devant deux amis communs, des serments que nous nous étions faits mille fois, d'autant plus sincères et solides, que, de leur durée, dépendait notre félicité réciproque. Madame de Mercour ne s'était point trompée. La possession d'une femme que j'avais autant de raison d'estimer effaça bientôt le chagrin auquel j'avais été livré. J'eus même la satisfaction d'apprendre que ma belle-fille était au désespoir de mon mariage, craignant que de nouveaux enfants ne la frustrassent de biens encore assez considérables.

« Cependant la vivacité des premiers instants amortie, où l'envie de se plaire mutuellement fait toujours céder la volonté de l'un aux désirs de l'autre, l'accomplissement de son propre désir commence à parler plus haut que le contentement de ce que l'on aime : en un mot, la personnalité reprend ses droits. De là, de petites dissensions plus ou moins fortes, qui toutes cependant n'ont aucune suite. Ce sont des piqûres d'épingle;

.... Madame de Mercourt répondit en riant.... (page 73.)

mais elles se répètent à chaque instant. Ce n'étaient là que les inconvénients inséparables de quelque situation que ce soit : le sort, qui n'a jamais cessé de me persécuter, me réservait à de plus grands maux : ils ne tardèrent pas à se faire sentir.

« Madame de Mercour, ou ma femme si vous voulez, pour augmenter ses revenus, avait mis tout son bien à fonds perdu, suivant en cela le système du siècle, qui s'est défait du respect de nos pères pour les possessions de leurs ancêtres, et qui fait envisager, lorsqu'on n'a point d'enfants, le bien dont on jouit comme un présent de la fortune dont on peut disposer. Mais la faute qu'elle avait faite, c'était de tout mettre sur un fameux partisan du temps, dont le crédit, à la vérité, devait donner de la confiance, mais qui manqua le lendemain d'une fête magnifique. Ce coup fut assommant pour elle. En vain, je lui représentai que mon revenu nous suffisait à tous les deux ; que nous ne ferions aucun retranchement, et qu'elle devait croire que j'allais prendre des arrangements pour que, si je mourais, il lui restât un sort heureux. Dans ses réponses, quoique tendres, je connus qu'elle regardait avec peine la nécessité de dépendre de moi. En effet, quoiqu'elle m'aimât beaucoup, cela devait l'inquiéter. Il n'y a point de sentiment à qui ne cède le désir de la liberté qui règne au fond de tous les cœurs ; et rien ne tend autant à l'esclavage que la privation des biens, puisque, par eux, nous nous procurons despotiquement ce que nous pouvons souhaiter, sans être tenus à ces soins onéreux que la pauvreté reconnaissante échange contre le bienfait.

« Je ne m'occupai que d'écarter des regards de ma femme tout ce qui pouvait lui rappeler sa situation. Non seulement l'abondance régnait autour d'elle ; mais même je ne négligeai pas ce superflu si critiqué, si désiré. Mes présents étaient reçus avec tendresse et douceur, mais avec un fond de tristesse qui détruisait le plaisir que j'avais à les faire. J'étais d'autant plus contraint dans ma conduite avec elle, que je n'osais chercher à combattre sa façon de penser. C'aurait été montrer sans cesse le bienfaiteur, blesser sa délicatesse, entamer des conversations embarrassantes pour tous deux, sans espoir de convaincre. Je me sentais consumer moi-même de l'état de ma femme, sans oser m'en plaindre : ce qui mettait une fâcheuse contrainte dans notre commerce. Né, comme je vous l'ai déjà dit, pour réfléchir, et pour réfléchir tristement, je conclus, de tout ce que j'éprouvais, que se rapprocher de quelqu'un qui nous plaît, ce n'est point se procurer un agrément dans la vie ; c'est ajouter les chagrins de ce que l'on aime à ceux que nous éprouvons personnellement, sans espoir d'en être pleinement dédommagé par le partage des événements heureux ; la somme de ces derniers ne pouvant jamais entrer en comparaison avec celle des contrariétés et des malheurs.

« Plus une âme est forte, et plus elle s'abat aisément, lorsqu'elle est une fois affectée. Ma femme ne put résister au chagrin qui la minait. Elle tomba dans un état de langueur. Les remèdes ne firent qu'avancer sa fin. La sentant approcher, elle me tint un discours qui ne sortira jamais de ma mémoire.

« C'en est fait, me dit-elle, je touche au « terme de mes maux. Ils m'ont été d'autant « plus durs à supporter, que, vous connais- « sant comme je le fais, je m'en suis repro- « ché la cause. La mort ne m'effraye point, « et je ne regrette que vous. Mais je vous « avoue que je suis inquiète sur ce que je vais « devenir. L'idée de l'immortalité de l'âme « me flatte par un instinct dont j'aurais peine « à rendre raison ; mais l'incertitude où je « suis sur sa nature me gêne. Si je dois recom- « mencer une nouvelle carrière, que sera-t- « elle ?

« — Voulez-vous, lui dis-je, que je fasse « venir de *** ? (C'était un homme de

« beaucoup d'esprit, très grand directeur).

« — Et que me dira-t-il? répondit ma « femme. Il me parlera de justice divine, de « contrition, d'espérance, et de lieux com- « muns qui ne me persuaderont rien. Je ne « sais si je mérite des récompenses; mais « je suis bien sûre de n'avoir pas mérité « des punitions éternelles.

« — Eh bien! repris-je, aimeriez-vous « mieux causer avec M. de la Roche? (M. de la Roche était un homme qui la connaissait depuis son enfance, philosophe savant et d'un esprit profond.)

« — Non, me répondit-elle; j'estime M. de « la Roche, et j'aime sa société; mais c'est « un matérialiste entêté qui prend des indi- « cations pour des preuves, qui se couvre « de plus de bonne foi qu'il n'en a peut-être « au fond de son cœur. Ce n'est point un « homme qu'il me faudrait. Jamais les re- « gards des hommes ne pénétreront le mys- « tère que je voudrais approfondir. Mais, « ajouta-t-elle, après s'être tue un moment, « pourquoi chercher à lever un voile qui va « tomber? Je dois mes derniers instants à « d'autres soins »; et, reprenant un visage riant, elle m'accabla des marques de la plus vive tendresse; elle me donna des conseils sur mes affaires. « Vous avez toujours été « malheureux, me dit-elle; que j'emporte

« au tombeau la consolation de croire qu'en « suivant mes avis, vous adoucirez votre « sort. Croyez-moi, ne vivez plus que pour « vous-même ; éloignez-vous de la société, « source de chagrins et de malheurs : sur- « tout défendez votre cœur de tout attache- « ment, de quelque espèce qu'il puisse être; « vous éviterez bien des peines. Bannissez « mon souvenir; cessez de vous tourmenter « pour un être qui ne vous entendra plus, « et qui ne peut plus rien pour vous. Si, « malgré vous, mon idée se retrace à votre « mémoire, que celle de mes dernières pa- « roles vous revienne avec elle ; elles ren- « ferment des vérités dont je souhaite bien « ardemment que vous soyez convaincu. »

« Ma femme fit encore quelques arrangements pour ses gens. Ensuite, se sentant fatiguée, elle me pria de la laisser seule. Depuis cette conversation, s'affaiblissant d'instant en instant, elle atteignit le moment fatal où l'on m'interdit l'entrée de sa chambre. Je ne fis aucune question, craignant qu'on ne m'annonçât un malheur dont je ne pouvais douter. J'allai me renfermer dans la mienne, où, vis-à-vis de moi-même et plongé dans une rêverie douloureuse, je me rendis compte de tout mon malheur. Je n'étais point au désespoir ; mais je m'abreuvais d'une amertume tranquille, peut-être plus affreuse. Je passai plusieurs jours dans cet état, sans songer seulement que j'existasse. Les dernières paroles de ma femme se présentèrent sans cesse à mon esprit; et les premières pensées qui me vinrent sur ce que j'allais devenir furent de suivre ses conseils. Ayant perdu la seule amie que j'eusse au monde, abandonné de mon fils, qui ne me donna pas le moindre signe d'intérêt dans cette occasion, je pris le parti de me retirer dans une de mes terres et d'y vivre absolument seul.

« Les chagrins les plus cuisants s'effacent à mesure qu'ils s'éloignent de l'époque qui les a fait naître : j'éprouvai la loi générale. Quoique je fusse toujours affecté du souvenir de mes malheurs, cependant, il se trouva bientôt dans ma journée des moments de vide : l'étude me parut propre à les remplir. Je donnai la préférence à l'Histoire, comme moins fatigante et plus capable d'occuper agréablement. Je m'en dégoûtai très vite, en apercevant la plupart des faits les plus intéressants, détruits avec évidence par les critiques. J'y substituai la Physique; j'y vis des phénomènes curieux; mais n'y rencontrant que des effets sans principes, je l'abandonnai promptement. L'Histoire naturelle ne m'offrit qu'une nomenclature. La Métaphysique ne m'arrêta que peu de temps; je me perdais dans des conséquences obscures, tirées d'une hypothèse vague. La Géométrie, en satisfaisant mon esprit, absorbait mes facultés. La Morale, en me dévoilant le cœur des hommes, me reproduisait le tableau de mes chagrins. Le choix nécessaire dans les ouvrages d'esprit me faisait trop acheter ceux qui méritaient mon suffrage; en un mot, je ne rencontrai point dans l'étude ce que je m'en étais promis. . .

« Je cherchai dans les goûts ce que je ne pus trouver dans les occupations. J'eus des chiens, des tableaux, des porcelaines, enfin, de toutes ces inutilités agréables ou bizarres qui font le mérite de tant de gens, ce ne fut pour moi que de nouveaux sujets de peine. Une chute que je fis à la chasse, où je me cassai un bras, me détermina, sans hésiter, à me défaire de mon équipage. Je renonçai de même à tirer, d'après le malheur que j'eus de crever les deux yeux à mon *guenard*, caché par un buisson. Sur le renom de ma collection de tableaux, plusieurs amateurs vinrent la voir : j'eus le chagrin d'entendre condamner la plus grande partie de ceux que j'estimais davantage à n'être que des copies, et de passer, dans leur esprit, pour un ignorant et pour une dupe. Un seul eut leur approbation; mais un valet maladroit, voulant exécuter quelques changements que j'avais ordonnés, laissa tomber dessus une échelle qui le déchira du haut en bas, et le mit hors d'état d'être raccommodé. Il me restait mes porcelaines. Une seule nuit m'en priva. Un pan de la boiserie du salon où je les avais arrangées, s'étant détaché, les mit en poussière.

Moi. — Il faut avouer que vous êtes né sous une malheureuse étoile.

L'Inconnu. — Oui, je conviens qu'il est rare de trouver, dans la vie d'un seul homme, un assemblage aussi funeste de choses fâcheuses. Mais enfin, Monsieur, je n'ai fait qu'éprouver les malheurs attachés aux différents genres de vie que j'avais embrassés, et par là, succomber aux dangers auxquels chacun est exposé. La nature est sage, en nous donnant la raison, de lui avoir opposé les passions qui la font taire, et surtout l'espérance que rien ne peut détruire; sans quoi tout homme parvenu à la connaissance des choses aurait bientôt cessé d'être.

Moi. — Est-ce que l'idée ne vous en est jamais venue?

L'Inconnu. — Pardonnez-moi; mais, soit instinct, soit faiblesse, après en avoir pris plus d'une fois la résolution, j'en ai toujours remis l'exécution au lendemain. Je hais la société des hommes; mais je n'ai jamais craint leurs regards, parce que je n'ai jamais rien fait qui m'ait mis dans ce cas là. Accoutumé de bonne heure aux coups du sort, ils n'excitent point en moi le désespoir. Otez ces deux motifs, on ne se tue point.

« Voyant que je ne pouvais être heureux, je voulus essayer d'en faire. Témoin dans ma terre des persécutions qu'endurent les malheureux agriculteurs pour la perception des impôts auxquels le luxe et les besoins de l'État les ont condamnés, j'essayai de les protéger et de les soulager. Je parlai quelquefois en leur faveur à ces tyrans domestiques, à ces despotes durs et paresseux, à qui les malheurs multipliés d'une société trop étendue ont fait confier l'autorité du maître, aux intendants, en un mot, qui me prouvèrent la nécessité de cette loi cruelle, inséparable de tout ordre quelconque, le sacrifice de l'intérêt particulier, pour le bien général. Forcé de céder à la justesse du principe, je voulus du moins suivre ce que me dictait l'humanité : je payai pour mes paysans, afin de les sauver de la barbare exécution à laquelle ils échappent rarement, me réservant de me faire rembourser, selon les moyens qu'une récolte heureuse ou malheureuse fournirait à chacun. La reconnaissance générale marqua le premier moment qui suivit le bienfait. Les murmures prirent sa place, lorsqu'à la fin de l'automne, j'exigeai le payement de ceux qui voyaient fructifier leurs travaux, tandis que je le remis aux autres qui avaient essuyé quelques revers. Cette générosité sage me valut des railleries injustes; elle excita des jalousies entre mes vassaux. Une seconde année, j'eus pour eux les mêmes bontés, elles produisirent une fainéantise générale, qui me força de les abandonner à leur sort. J'y fus d'autant plus poussé, que j'éprouvai d'eux un trait de méchanceté qui me révolta. Non seulement je faisais de grosses avances à mes paysans, mais, me plaisant à leur prodiguer mes secours, lorsque quelqu'un d'eux avait un mauvais terrain, je le troquais contre un des miens, de bonne qualité, jusqu'à ce que la dépense que je faisais dans ma nouvelle acquisition l'eût fertilisée. Il est vrai que j'exigeais de ceux sur qui j'étendais mes bontés un travail assidu, pour faire valoir le terrain. Ayant repris un jour très aigrement un fainéant qui n'avait point rempli mon intention, je lui citai l'exemple d'un de ses camarades qui, par ses soins, était au moment de faire une récolte abondante. Croiriez-vous que cet homme eut la méchanceté, pendant la nuit, de ravager le champ qui l'accusait de négligence? Le fait avéré, j'eus recours à cet horrible moyen où la perversité des hommes les a réduits :

au supplice. Je fis mettre le coupable au carcan. Loin d'être touché de sa faute, il ne fut qu'aigri par la punition ; et pour s'en venger, il coupa dans mon verger deux cerisiers que j'aimais beaucoup pour la grosseur et la qualité du fruit qu'ils me rapportaient ; après quoi, ce brigand abandonna le pays.

« La chose en elle-même était de peu d'importance ; mais, scrutateur malheureux du cœur de l'homme, il fallut me rendre à l'évidence et perdre l'espérance de lui trouver une autre nature, dans quelque sphère que j'allasse le chercher. L'épreuve que j'en faisais n'était pas le seul chagrin auquel je fusse livré : l'amour vint encore troubler des jours qui semblaient n'être plus faits pour lui ; l'amour, qui pénètre dans les cœurs les plus glacés, dans les retraites les plus obscures ; dont les trompeuses faveurs nous donnent des instants qui semblent nous élever au-dessus de l'humanité, pour nous plonger dans des abîmes de maux et d'inquiétudes, que son séduisant empire sait encore nous faire chérir et regretter !

« Catherine, la fille de mon jardinier, fut l'écueil dont ne put me préserver une longue suite de réflexions et de malheurs. Elle était dans cet âge où les grâces de la jeunesse ajoutent encore aux bienfaits de la nature. Sa figure me plut, et me fit souhaiter de connaître son caractère. La naïveté de sa conversation agit sur mon cœur, sans que je m'en aperçusse. Il y avait déjà longtemps que je la regardais avec les yeux d'un amant, que je ne croyais encore la considérer qu'avec ceux d'un philosophe. Lorsque je vis le piège, il était trop tard pour m'en débarrasser. En vain, la raison m'avertissait du peu de droit que j'avais pour plaire à Catherine et pour la fixer; la passion me montrait l'autorité que j'avais sur elle, et l'illusion allait au point de me flatter que le sort que je pouvais faire à cette jeune fille suffirait pour décider son inclination, si ce n'était par goût, du moins par reconnaissance : comme si l'inclination recevait d'autres lois que d'elle-même! Je poussai l'aveuglement jusqu'à me méprendre aux déférences que Catherine avait pour moi, déférences qui n'étaient que l'effet de sa position et de la mienne. On ne manque de présomption, dans aucun temps de la vie.

« Je ne tardai pas à me désabuser. Un soir que j'étais resté jusqu'à la nuit dans mon parc, en passant, j'entendis du bruit dans le bois : j'y portai mes pas, et j'aperçus, à la faveur du peu de jour qui restait, un homme se sauvant; en même temps, j'entendis les feuilles remuer assez près de moi. Je courus avec précipitation, pour saisir quelqu'un qui sortait de derrière un buisson ; ignorant qui je tenais, je le demandai plusieurs fois, sans qu'on me répondît. Curieux de le savoir, j'entraînai cet inconnu dans la première allée. Que devins-je, lorsque je vis que c'était Catherine? Les idées les plus tumultueuses et les tableaux les plus désespérants se peignirent à mon imagination. Je n'avais pas la force de lui parler. Catherine cependant était à mes genoux ; tremblante, elle semblait attendre son arrêt. L'objet qu'on aime, dans cette situation, attendrit toujours. Je la relevai, je tâchai de la rassurer.

« Quel est cet homme qui s'est enfui ? », lui demandai-je.

Un torrent de larmes fut sa réponse, et j'eus toutes les peines du monde à lui faire avouer que c'était Thomas, le fils d'un de mes fermiers, qui méritait, il faut en convenir, et par son âge et par sa figure, d'avoir la préférence sur moi.

« Mais, lui dis-je, que faisiez-vous avec Thomas, à l'heure qu'il est, dans le bois?

« — Hélas ! Monsieur, me répondit-elle avec ingénuité, c'est que nous nous aimons ; et nous serions déjà mariés, sans mon père qui ne veut pas y consentir, parce qu'il dit que cela vous ferait de la peine ; il m'a même défendu de parler à Thomas, et c'est pour cela que nous venons dans cette cache, pour nous voir. »

« La simplicité de cette réponse, en me perçant le cœur, me désarma.

« Allez, lui dis-je ; ne parlez à personne de ce qui vient d'arriver. Je vous en garderai le secret, de mon côté. »

« L'âge émousse nos sens pour les plaisirs, et nous laisse toute notre sensibilité pour les chagrins. Je l'éprouvai par l'état violent où je me trouvai, après le départ de Catherine. Je la suivis des yeux, et jamais elle ne me parut avoir plus de grâces. L'amour m'offrit cent moyens pour l'enlever à mon rival ; mais la cruelle raison vint bientôt détruire tous mes projets. Elle me fit voir que Catherine était juste en me préférant Thomas ; qu'en vain j'userais de mon autorité, qu'elle ne me rendrait que le tyran du cœur de cette fille, et que je n'en serais jamais le possesseur. Puis, m'offrant le miroir de la vérité pour me montrer mes rides, elle ajouta le regret à toutes les agitations auxquelles j'étais en proie. Enfin, elle voulut le triomphe de mes sentiments, et que j'unisse ces deux amants.

« Lorsqu'on consent aux sacrifices qu'elle ordonne, l'amour-propre fait jouir d'une sorte de satisfaction qui nous en dédommage en quelque façon, du moins, pour les premiers instants. Je me sentis beaucoup plus tranquille, après que j'eus pris ce parti.

« Dès le lendemain, j'envoyai chercher le père de Catherine et celui de Thomas. Un mariage, aux champs, est bientôt conclu, surtout lorsque le seigneur se charge de la dot. J'unis Catherine à ce qu'elle aimait, et je m'en consolai, en pensant avoir fait deux heureux : je me trompais.

« Non seulement, je dotai la mariée, mais je donnai tout ce qu'il fallait pour mettre ces deux époux en ménage. Peu de temps après leur mariage, passant un soir devant leur maison, j'entendis des plaintes. J'y entrai : je vis un spectacle qui m'attendrit jusqu'au fond de l'âme : Catherine échevelée, couverte de sang, qui faisait des efforts inutiles pour s'opposer aux coups de Thomas, dont la raison était troublée par le vin. Dans le premier mouvement de ma colère, je maltraitai Thomas. Ensuite ayant voulu savoir le sujet de la querelle, le tort me sembla de son côté. Catherine aurait paru difficilement coupable à mes yeux; je l'aimais toujours. Le moment du triomphe était passé. L'amour-propre avait perdu ses droits; la passion avait repris les siens; et si j'avais gagné sur moi d'amortir les mouvements violents, j'éprouvais une privation qui remplissait mes jours d'amertume.

« Je me pressai de sortir d'un lieu où tout

m'affligeait ; mais mon âme était trop affectée pour ne pas me livrer aux réflexions les plus tristes. « Il n'y a donc point d'état, me dis-je à moi-même, où le malheur ne se rencontre sous des formes différentes ! A la ville, la perfidie ferait couler les larmes de Catherine; ici, c'est la brutalité. Puisque la société des hommes est la même partout, fuyons-la, fuyons loin d'elle, à jamais ! »

« Entre tous les lieux qui s'offrirent à mon imagination, pour m'éloigner des hommes, Paris me parut le meilleur, pour être à l'abri de leur commerce. La grande quantité des gens qui l'habitent et d'occupations qui se succèdent donnent la liberté d'y vivre ignoré dans la retraite, sans éprouver l'horreur de la solitude. Depuis près de deux ans que j'y suis, vous êtes le premier homme à qui j'aie parlé..... »

A cet endroit du récit de l'Inconnu, l'heure qui sonna nous avertit qu'on allait fermer les portes des Tuileries. Nous fûmes obligés de nous séparer. Je lui demandai si je pouvais me flatter de le voir quelquefois dans le même lieu ? Il me le promit; mais il ne me tint point parole. Depuis ce jour, je ne le rencontrai plus; et quelque perquisition que j'aie faite, il ne m'a pas été possible d'en avoir des nouvelles.

Les Amants Soldats

LES AMANTS SOLDATS [1]

Il vient de m'arriver une aventure dont je suis encore tout attendri. Vous savez que je me mêle du détail du régiment de mon neveu, qui n'est pas encore en âge de le commander. Un officier de ce régiment vint hier chez moi pour me rendre compte d'un détachement à la tête duquel il s'était battu. Dans le détail qu'il m'en a fait, il m'a dit qu'au moment où les coups de fusil commençaient, en examinant sa troupe, il avait aperçu dans les rangs une jeune fille d'en-

1. Ecrit au camp de..., en 1742. Ce récit n'est pas une fiction; et le héros de l'aventure est devenu maréchal de camp, après s'être conduit avec distinction, à la bataille de Lawfeld.

viron quinze à seize ans, d'une extrême beauté, malgré les haillons dont elle était couverte; qu'ayant voulu la faire retirer, elle s'était obstinée à rester, disant qu'elle aimait mille fois mieux mourir que d'abandonner *la Roze*, soldat d'une très jolie figure, à côté duquel elle était.

« Quoique touché de cet événement, ajouta l'officier, j'avais dans cet instant des soins importants qui m'occupaient. Cependant, ils ne m'empêchèrent pas de jeter les yeux sur cette fille, par un mouvement de pitié que je ne pouvais refuser à son âge, à ses charmes. Quelques moments après, j'ai vu tomber *la Roze* d'un coup de fusil au travers du corps, et cette jeune fille, les yeux baignés de larmes, le relever, et pour ainsi l'emporter, avec des marques de sa tendresse et d'un courage au-dessus de ses forces. Lorsque nous eûmes poussé les ennemis, désirant la connaître, j'ai fait venir un sergent à qui j'ai demandé ce qu'elle était. Il m'a répondu qu'elle se nommait *Julie*, mais qu'il n'en savait pas davantage. »

Ce récit n'a fait qu'augmenter ma curiosité. J'ai chargé cet officier de tâcher de pénétrer le mystère et de m'en informer. Il est revenu ce matin me dire qu'il avait fait de vains efforts; que, de quelque façon qu'il s'y fût pris, *la Roze* s'était obstiné à garder le silence, et qu'il n'avait pu tirer que des larmes de *Julie*; que cependant l'un et l'autre demandaient à me parler. Le désir d'apprendre ce que je commençais à souhaiter ardemment de savoir, autant que l'envie de leur être de quelque utilité, m'ont fait rendre en diligence à l'endroit où cet officier m'a conduit. Par discrétion, il m'a laissé pénétrer seul dans une espèce d'étable où j'ai vu *la Roze* couché sur de la paille, la pâleur de la mort sur le visage; ce qui n'empêchait pourtant pas d'y remarquer des traits agréables. *Julie* était à genoux à côté de lui, occupée de lui soutenir la tête d'une main, tandis que de l'autre, elle disposait quelque chose pour qu'il fût plus commodément. Dès que je suis entré, elle s'est levée : j'avoue que sa beauté m'a frappé. Si son éclat paraît terni par la langueur et la tristesse, elle y gagne un air si touchant, qu'on ne peut se défendre d'en être ému.

« La réputation dont vous jouissez, me dit *la Roze*, d'un ton de voix affaibli, m'a déterminé, Monsieur, en vous confiant mes secrets, à remettre en vos mains un dépôt qui m'est mille fois plus cher que la vie. Dans peu de temps, je serai pour jamais séparé de ce que la nature a produit de plus parfait. Ce que vous voyez d'attraits, ajouta-t-il en montrant *Julie*, n'est qu'une faible image des qualités que renferme le cœur de cette infortunée. Un amour malheureux nous a conduits l'un et l'autre dans le précipice. Je ne m'en plaindrais pas, s'il n'était funeste qu'à moi ; mais il m'est affreux d'envisager le sort réservé désormais à ma chère *Julie*. »

Quelques larmes qui tombèrent de ses yeux le forcèrent à s'arrêter. Bientôt il poursuivit ainsi :

« Mon nom est assez connu pour qu'en vous le disant, vous sachiez qui je suis. Je m'appelle le Marquis de ***. Mon père, qui possède de grands biens, s'est retiré, jeune encore, dans une terre qui n'est qu'à vingt lieues d'ici. Dégoûté du monde et du service qu'il a quitté par dépit d'un passe-droit qu'on lui fit, il n'a que moi d'enfant, d'une femme qu'il a tendrement aimée, et qui perdit la vie en me mettant au monde. La société du Comte de *** le dédommageait en quelque façon de cette perte. Unis dès leur jeunesse par les liens de l'amitié la plus intime, les mêmes circonstances, à peu près, avaient contribué, par la suite, à les rapprocher encore davantage. Le Comte de ***, ainsi que mon père, forcé de quitter le service par l'inimitié du ministre, a de même que lui perdu sa femme. Elle mourut peu de temps après ma mère, en donnant le jour à cette malheureuse *Julie* que vous voyez. Le Comte, dévoré de chagrin, fut bientôt importuné du monde et des devoirs qu'il exige. Il résolut d'y renoncer, et choisit pour asile une terre voisine de celle où mon père était déjà retiré.

« Mon père, transporté du parti que prenait son ami, employa les sollicitations les plus pressantes pour l'engager à venir s'établir chez lui. Il y réussit. Le Comte abandonna Paris, emmenant avec lui *Julie*, encore au berceau, et vint jouir chez mon père d'une vie libre et tranquille. La chasse, les plaisirs de la campagne, la lecture, l'étude, remplissaient les jours de ces deux amis. Lorsque *Julie* et moi nous eûmes atteint l'âge où nous pouvions les entendre, ils s'appliquèrent uniquement du soin de notre éducation. Loin de nous taire les choses que l'on croit dangereuses dans un âge tendre, ils dévoilèrent à nos yeux le germe des passions, nous en firent voir les attraits et les dangers. En nous les montrant dans toute leur étendue, ils tâchaient de nous donner des armes pour les combattre. Vaine précaution ! Leurs soins ne nous en ont pas garantis. Nous destinant l'un à l'autre, ils ne s'opposèrent point au penchant mutuel qu'ils remarquèrent en nous. Ils cherchèrent au contraire à l'échauffer et semblaient partager le bonheur de deux jeunes cœurs qui s'aiment et qui peuvent se le dire sans contrainte. Ils nous instruisaient à goûter le charme de l'amour, avec cette délicatesse qui en fait tout le prix. Désirant ardemment de nous voir unis l'un à l'autre, ils n'attendaient que la décision d'un procès que le Comte avait pour les biens de sa femme, afin de resserrer nos liens par des nœuds éternels, et pour satisfaire l'envie que j'avais d'entrer au service. Il y a trois mois que le Comte, par le gain de son procès, libre de m'accorder *Julie*, m'annonça que bientôt il ne me resterait plus de vœux à former. Ma joie fut d'autant plus vive que je vis *Julie* partager mes transports. Est-il possible que, si près du bonheur, on ne puisse l'atteindre! Il s'éleva entre mon père et le Comte une contestation dans les arrangements d'intérêts qu'ils faisaient pour nous. Ce ne fut d'abord qu'une opinion différente : bientôt l'aigreur s'en mêla. Ils se dirent des choses piquantes, et, croyant avoir d'autant plus à se plaindre qu'ils imaginaient être en droit d'exiger réciproquement plus de déférence, ils se brouillèrent tout à fait. Jugez de ce que je devins, lorsque mon père, m'ayant appelé, me tint ce discours :

« Le procédé du Comte est tellement ou-

« trageant, après toute l'amitié que je n'ai « cessé de lui témoigner, que je ne veux « plus entendre parler de lui. Mon fils, il « faut renoncer à *Julie*; il vous en coûtera « peut-être, mais je le veux. A votre âge, on « oublie sans peine une liaison de ce genre. « Pour vous en faciliter les moyens, j'ai pris « la résolution de vous envoyer à Paris, in- « cessamment. Je vous y suivrai : mais en « attendant, vous serez reçu chez un homme « de mes amis, à qui je vous recomman- « derai. »

« Foudroyé de cet arrêt, je restai immobile, et je me trouvai dans la même posture longtemps après que mon père, qui m'avait quitté pour donner quelques ordres, m'eut laissé seul. Mon premier soin fut de courir chez *Julie*. Comme j'allais entrer, j'entendis quelqu'un qui parlait assez haut. Je prêtai l'oreille, et je reconnus la voix de son père, qui lui disait :

« Ma fille, je partage votre douleur; mais « dans la circonstance où nous sommes, il « ne me reste pas d'autre parti. »

« Quelques pas qu'il fit dans cet instant me forcèrent de me retirer avec précipitation, dans la crainte qu'il ne me rencontrât; et, ne sachant trop par quel mouvement je redoutais sa présence, j'allai me cacher dans un lieu d'où je pouvais tout voir. Je l'aperçus qui sortait de l'appartement de sa fille et j'y entrai. Je trouvai *Julie*, le visage baigné de larmes. Je me précipitai à ses genoux, je collai ma bouche sur une de ses mains. Nous restâmes longtemps dans cette attitude, sans pouvoir nous parler. Enfin je rompis le premier le silence.

« C'en est donc fait, ma chère *Julie!* Je dois renoncer à vous ! L'amour le plus tendre, le bonheur de notre vie ne peut rien sur des pères barbares que désunit un vil intérêt, qui l'emporte sur nous dans leur cœur. Que vais-je devenir ? Qu'allez-vous devenir vous-même ? Un seul instant détruit l'espoir de tant d'années et nous livre à des maux qui n'auront point de fin !

« — Vous pouvez juger, me répondit *Julie*, par l'état où je suis, de ce qui se passe dans mon âme. Mes jours vont être consacrés à la douleur : je n'en puis avoir d'heureux, puisque je ne suis plus à vous. Mon père vient de m'ôter tout espoir ; il m'a déclaré que, demain au matin, il fallait partir pour ne vous revoir jamais. »

« Ces derniers mots de *Julie* me causèrent un désespoir mêlé de fureur.

« Non, lui dis-je, je ne consentirai point à cette séparation cruelle. Pères injustes ! ne nous avez-vous donné le jour, que pour être nos tyrans ? Vos droits sont limités ;

nous ne vous devons plus rien, dès l'instant que vous en abusez. Osez suivre, ma chère *Julie*, le conseil que m'inspirent ma tendresse et ma douleur. Fuyons ces pères dénaturés : allons, sous un ciel plus tranquille, vivre l'un pour l'autre et jouir du bonheur de nous adorer. »

« *Julie* me parut effrayée de l'état dans lequel elle me voyait, et du parti que je lui proposais. Sa douceur, sa timidité, ses principes, combattaient contre moi. Mais que ne peuvent point un amant aimé tendrement, et l'idée de le perdre sans retour ? Je triomphai de ses scrupules et de son caractère. Elle me promit de se trouver à l'entrée de la nuit à la porte du parc que je lui désignai. Pour moi, je ne songeai plus qu'aux préparatifs de notre fuite. J'étais trop agité pour réfléchir à ses suites ; je ne m'occupai que de l'idée de posséder *Julie*. Je pris sur moi tout ce que je pus d'argent ; j'en avais beaucoup à ma disposition. Mon père m'avait chargé du détail de la dépense de sa maison, et de recevoir les revenus de ses fermiers, dont je lui rendais compte.

« A l'entrée de la nuit, je fus à l'écurie prendre un cheval. *Julie* n'était point encore au rendez-vous. Elle ne me laissa pas longtemps dans l'inquiétude. Je l'aperçus, et je sentis dans cet instant un tressaillement de joie qu'il me serait impossible de rendre. Je courus au-devant d'elle, je la serrai dans mes bras. Mais, craignant d'être découvert, je me pressai de monter à cheval. Je la pris en croupe, et nous quittâmes des lieux autrefois témoins de notre bonheur, qui nous étaient devenus un séjour trop funeste.

« Nous marchâmes toute la nuit avec beaucoup de précipitation. Au jour, nous nous trouvâmes dans une plaine ; comme je ne savais où j'étais, et que j'appréhendais de rencontrer quelqu'un qui pût nous reconnaître ou donner de nos nouvelles, je proposai à *Julie* d'aller nous reposer dans un petit bois qui n'était pas fort éloigné, et d'y attendre la nuit. Elle y consent. La nature y fut témoin de nos serments et de nos transports. Si vous avez jamais aimé, ajouta le Marquis de ***, vous devez connaître la vivacité de ces instants. Il est aussi difficile de les retracer, que d'en perdre le souvenir. Ce ne fut que l'approche de la nuit qui nous tira du charme dans lequel nous étions plongés. Nous remontâmes à cheval, et nous suivîmes le premier chemin que nous trouvâmes. Jusque-là, nulle réflexion ne m'avait troublé. La nécessité de prendre un parti se présenta pourtant à mon esprit. Cette idée me fit envisager des difficultés, des dangers, et me jeta dans l'incertitude et l'agitation. Je tombai dans une rêverie profonde. *Julie* s'en aperçut; elle me demanda ce que j'avais. J'essayai en vain de lui cacher le désordre de mon âme; il fallut lui montrer ce qui s'y passait, et qu'elle y lût l'impression que produisait sur moi notre situation.

« C'était hier, me dit-elle, que nous devions considérer tous les inconvénients de notre démarche; maintenant il n'est plus temps. Il ne nous reste qu'un parti, c'est d'opposer un courage invincible aux événements auxquels nous allons être exposés. Ne croyez pas que ma fermeté vienne d'aveuglement sur l'avenir. Dans la résolution que nous avons prise, je risque plus que vous. Vous avez suivi le mouvement impétueux d'une passion, et vous n'aurez jamais que ce tort aux yeux du monde. Mais moi, j'ai sacrifié tous les préjugés, jusqu'à la timidité de mon âge et de mon sexe. J'ai trahi mon père. Il ne peut jamais me pardonner. Je n'ai donc de ressource que vous. Si je vous avais soupçonné de pouvoir jamais changer, certainement j'aurais été maîtresse de mon cœur. Cependant, il y a tant d'exemples de l'inconstance des hommes, qu'il me serait pardonnable de craindre la vôtre. Je ne veux point vous faire cet outrage; au contraire, il me paraît doux de vous avoir tout immolé, de dépendre uniquement de vous. Loin de me repentir de ce que j'ai fait, je le ferais encore. De votre côté, faites-moi voir une constance égale à la mienne ; qu'elle me prouve que je suis tout pour vous, comme vous êtes tout pour moi. Nous aurons certainement bien des traverses à souffrir, mais elles nous deviendront supportables, si nous cherchons mutuellement à nous en alléger le poids. Un homme comme vous ne peut embrasser qu'un métier : celui des armes est le seul qui lui convienne. Si les raisons que nous avons de nous cacher vous empêchent d'occuper les emplois où vous appelle votre naissance, cherchez à vous distinguer dans l'obscurité de ceux où vous vous voyez réduit. De grands hommes ont commencé par être soldats ; c'est par votre mérite que vous devez marcher à rentrer en grâce auprès de votre père, à le faire rougir d'avoir calculé, quand il fallait sentir. Je ne vous abandonnerai dans aucune occasion. Vous me verrez partager vos travaux et vos dangers. Loin de me plaindre de ma situation, je m'estimerai trop heureuse qu'elle me mette à portée de ne vous pas perdre de vue un seul instant, et de jouir d'un avantage dont les autres femmes sont privées. »

« Le discours de *Julie*, continua le Marquis

.... La Nature fut témoin de nos transports.... (page 118.)

de ***, me pénétra. Je ne pus refuser mon admiration à la noblesse de ses sentiments. Son courage ranima le mien, et je me déterminai sur-le-champ au parti qu'elle me proposait, comme au seul qui fût convenable dans les circonstances où je me trouvais. D'ailleurs, il était conforme à mon goût. J'entrai dans le premier village qui se rencontra sur notre chemin. Je m'informai de la route qu'il fallait tenir pour se rendre a l'armée qui venait de s'assembler, et que je savais ne devoir pas être fort éloignée.

« Nous prîmes, *Julie* et moi, des habits de paysans, de crainte d'être décelés par les nôtres, et nous nous remîmes en marche. Au bout de quelques heures, nous rencontrâmes un soldat du régiment de M***, votre neveu. L'ayant questionné sur le nom de son régiment, je lui témoignai le désir d'y prendre parti. Il me parut transporté de ma proposition, par la récompense qu'il se promettait de M. de ***, son capitaine, en amenant un si bel homme (du moins c'est ainsi qu'il s'en expliqua). Je le suivis au camp. Mon conducteur me fit attendre quelques instants auprès d'une tente, dans laquelle il nous fit bientôt entrer *Julie* et moi. M. de *** parut surpris en nous voyant; son âge avancé, sa figure qui portait l'empreinte de ses vertus et de sa douceur, m'inspirèrent une sorte de respect qui m'intimida, dans le premier moment. M'étant remis, je lui dis que mon intention était de servir; que je m'estimais heureux que le hasard m'eût conduit à lui; que je n'exigeais aucun engagement, ni d'autre traitement que celui d'un simple soldat; que la seule grâce que je demandais était d'avoir une tente à part, pour y demeurer avec ma femme, dont l'âge et ma tendresse ne me permettaient pas de me séparer. Tandis que je parlais, M. de *** jetait les yeux tour à tour sur *Julie* et sur moi. Par les questions qu'il nous fit, je m'aperçus qu'il cherchait à pénétrer qui nous pouvions être, et qu'il ne se méprenait point à nos habits. Comme je refusais de répondre aux choses qu'il me demandait :

« Mes enfants, nous dit-il, je ne veux point vous arracher un secret que je ne prétends devoir qu'à votre confiance. En attendant que je l'aie gagnée, soyez tranquilles. J'aurai pour vous toutes les attentions que vous pouvez désirer, et je vous procurerai les secours que vous devez attendre de l'intérêt que votre âge et votre extérieur m'inspirent. Vous n'êtes pas malheureux que le sort vous ait confiés à moi. La beauté de votre femme, poursuivit-il, aurait pu vous exposer à bien des dangers, dans un camp où règne une souveraine licence. Je saurai vous en préserver ; ne craignez rien. »

« Alors, il fit appeler un sergent ; il lui donna des ordres en conséquence de ce qu'il venait de nous promettre. Depuis cet instant, nous menions une vie tranquille. La protection de M. de *** nous mettait à l'abri des maux de notre position. Attentif à remplir mes devoirs, je commençais à jouir dans le régiment d'une sorte de considération. Le temps dont je pouvais disposer était consacré tout entier à *Julie.* Inébranlable dans sa constance, elle ne se démentait dans aucune occasion ; elle me prévenait souvent dans les travaux qu'exigeait la misère de notre condition actuelle. Son courage suppléait à ses forces, à sa délicatesse. Contente de vivre pour moi, jamais aucun regret de ce qu'elle m'a sacrifié n'a troublé notre intelligence. Si, quelquefois, je me reprochais l'état dans lequel je l'avais réduite, par une peinture trop effrayante des maux que nous aurions soufferts, si, soumis à nos pères, nous eussions accepté le parti de nous séparer, elle s'efforçait adroitement de me convaincre que notre sort, loin d'être fâcheux, devait nous paraître plein de charmes. Elle employait la même adresse, pour me prouver la nécessité de ne me quitter jamais, même dans les occasions périlleuses ;

elle savait enfin intéresser ma jalousie, en me faisant envisager les dangers auxquels je la livrerais, en m'éloignant du camp sans elle. Tant de tendresse et de vertu me donnaient pour *Julie* un respect, qui, joint à ce que m'inspirait mon cœur, me dictait pour elle les soins les plus empressés. Ils étaient toujours remarqués et reçus avec reconnaissance. Nos jours se passaient dans le bonheur, notre tendresse mutuelle nous tenant lieu de ce que nous avions perdu. Mais des malheureux que le sort poursuit peuvent-ils jouir longtemps de quelque calme ? La perte de M. de ***, que la mort vient d'enlever au moment que, touché de reconnaissance et de ce qu'il faisait journellement pour nous, j'allais me découvrir à lui, a servi d'annonce au plus grand malheur qui pût arriver à ma chère *Julie*. Il est inutile de vous retracer la journée d'hier. Il y a trop de témoins du courage et de l'amour de cette infortunée, pour que le bruit n'en soit pas venu jusqu'à vous. Elle a pénétré de la même admiration, du même intérêt, tous ceux qui l'ont vue pousser aussi loin des vertus inconnues à son sexe. Se peut-il qu'un sort affreux en soit la récompense ? Elle va donc être privée d'un époux, d'un ami qui l'adorait ! Par ce qu'elle a fait pour lui, vous pouvez juger combien sa perte lui sera sensible. C'est entre vos mains, Monsieur, continua le Marquis de ***, que je la remets. Je vous l'ai déjà dit, la réputation dont vous jouissez me fait espérer que vous ne la démentirez pas dans cette occasion. Vous ne pouvez refuser votre secours à cette infortunée. Qu'elle a de droits sur un cœur généreux! Soyez son protecteur, et promettez-moi que, quelque parti qu'elle veuille prendre, vous la servirez avec chaleur. Que j'emporte, en mourant, la consolation d'être sûr qu'elle ne dépendra que d'elle. Voilà, Monsieur, ajouta-t-il en tirant de dessous son chevet, une bourse pleine d'or, de quoi l'empêcher de vous être à charge. »

Il voulait encore parler ; mais, épuisé par tout ce qu'il venait de dire, la voix lui manqua tout à coup. Je m'aperçus d'une altération plus grande sur son visage. Comme je m'approchais pour lui donner du secours, il fit un effort pour tendre la main à *Julie*, et tomba sans connaissance. J'appelai sur-le-champ l'officier qui m'attendait à la porte, et je lui dis d'aller promptement chercher le chirurgien du régiment. Ne doutant pas que le Marquis de *** ne fût mort, je tournai toute mon attention vers *Julie*. Elle était restée debout, les yeux attachés sur le corps de son amant, dans un morne désespoir. Je craignais l'effet que lui pouvait faire cet objet, et j'essayai de l'en détourner. Je lui adressai plusieurs fois la parole, sans en pouvoir tirer un seul mot ; je voulus la faire sortir d'un lieu si funeste ; mes efforts furent vains. Elle resta dans la même situation, sans proférer une parole et sans répandre une larme, jusqu'à l'arrivée du chirurgien, qui, s'étant approché, par mon ordre, du Marquis de *** et le prenant pour un simple soldat, dit, avec la brutalité qu'ils ont trop souvent, qu'il n'était pas encore mort. Puis, ayant tiré de sa poche un flacon de sel, il le fit respirer au Marquis de ***, qui, peu de temps après, donna des signes de vie. Quelque intérêt que je prisse à son sort, mon inquiétude pour *Julie* m'empêchait de la perdre de vue. Au premier mouvement de son amant, elle parut reprendre ses sens. Ses regards fixes commencèrent à s'animer, et j'aperçus la joie se répandre sur son visage, à mesure qu'il revenait à lui. Je lui demandai s'il avait été pansé soigneusement. Elle me fit un détail de la manière dont on avait appliqué l'appareil. Le chirurgien connut aisément qu'on avait négligé toutes les choses nécessaires. J'ordonnai sur-le-champ qu'on levât cet appareil, et je dis au chirurgien qu'il me répondrait de l'événement de cette blessure. J'employai vainement mes sollicitations pour engager

Julie à n'être pas témoin d'un pansement toujours douloureux, en l'assurant qu'elle pouvait se reposer sur moi des soins qu'on y apporterait. Je ne pus l'obtenir d'elle. Le chirurgien, après avoir sondé la plaie, nous dit que, quoique la balle eût percé tout au travers du corps, comme elle n'avait rien offensé dans son trajet, la blessure non seulement n'était pas dangereuse, mais même que la guérison en serait prochaine. Cette nouvelle inattendue pensa coûter cher à *Julie*. Le passage trop prompt du comble du désespoir à l'espérance la plus flatteuse lui fit une révolution qu'elle ne put soutenir. Je m'aperçus qu'elle changeait de visage ; je tremblai de l'effet que l'état dans lequel elle était pouvait faire sur le Marquis, épuisé déjà par la faiblesse qu'il venait d'avoir et par le récit de son histoire. Je m'approchai d'elle pour le lui représenter et l'engager à sortir. Au premier mot, elle me comprit et cette même *Julie*, que peu d'instants auparavant je ne pouvais arracher d'auprès d'un objet aussi cher, eut assez de courage pour s'en éloigner, quand elle crut lui causer la moindre inquiétude. L'amour seul est capable d'un aussi grand effort ; il la soutint jusqu'au moment que, hors de la vue de son amant, il lui sembla qu'elle l'abandonnait. Ses genoux plièrent, et je n'eus que le temps d'avancer les bras pour la soutenir. Les secours que je lui donnai la rappelèrent bientôt à la vie ; elle ne pouvait parler encore, qu'elle me faisait déjà signe de retourner auprès du Marquis de ***.

Je ne me rendis pas d'abord, ne voulant point la laisser dans cet état de défaillance ; mais, voyant que, par mon obstination, je lui devenais plus nuisible qu'utile, j'obéis. Je dis en rentrant à l'officier, assez bas pour n'être pas entendu, d'aller rejoindre *Julie*. Aussitôt que le Marquis me vit, il me pria, par un geste, d'approcher, et me proféra péniblement le nom de *Julie*. Par l'inquiétude que je lus dans ses yeux, je jugeai de l'agitation de son âme : je lui dis que mon dessein étant de l'ôter d'un lieu peu commode, pour le faire transporter chez moi, *Julie* n'avait pas voulu s'en rapporter à d'autre pour les précautions à prendre. Il me crut. On trompe aisément la tendresse, en la flattant. Je le confirmai dans cette idée en ordonnant au chirurgien de faire construire un brancard, et de prendre la quantité de soldats nécessaire pour exécuter mon projet. Peu d'instants après, *Julie* rentra. La joie brillait dans ses regards ; mais elle n'en laissait voir que ce qu'il fallait pour que le Marquis de *** fût entièrement rassuré sur son état. Elle en dissimulait l'excès : la crainte de lui nuire était le soin qui l'occupait. Ils sont maintenant l'un et l'autre chez moi. Quoique j'aie été l'ami du père du Marquis, j'étais assez embarrassé sur le parti que je devais prendre pour servir ces deux amants. L'appréhension de faire quelque fausse démarche me faisait rejeter toutes celles qui me venaient à l'esprit. Un événement auquel je ne devais pas m'attendre m'a tiré d'incertitude. Peu de temps après que le Marquis fut établi chez moi, je reçus une lettre de son père qui commençait par me rappeler notre ancienne amitié. Après un détail succinct de la fuite de son fils, elle finissait par l'expression du désespoir d'avoir, ainsi que le Comte, porté leurs enfants à cette extrême résolution ; il ajoutait qu'à force de perquisitions, il croyait avoir découvert que *Julie* et son fils étaient à l'armée ; qu'il me priait de faire toutes les recherches possibles pour m'en assurer, que probablement je m'acquitterais d'autant plus volontiers de cette commission, que si je les découvrais, il me chargeait de leur déclarer que leur faute était pardonnée ; que leurs pères désiraient ardemment de les revoir, pour leur faire oublier leurs maux, à force de tendresse. Cette lettre, qui me soulagea, causa les transports les plus vifs à nos amants. J'envoyai sur-le-champ un courrier au père du Marquis, pour lui dire qu'ils étaient chez moi, l'un et l'autre, sans autre détail. Je l'invitais à s'y rendre, le Comte et lui, pour me donner le plaisir de les instruire moi-même de ce qui était arrivé à leurs enfants. Ils ne tardèrent pas à répondre à cette invitation. Je puis dire que, de ma vie, je n'ai rien vu d'aussi touchant que l'entrevue de ces quatre personnes. Leur joie, leur tendresse ne se sont pas ralenties un seul instant depuis deux jours qu'ils sont réunis. Je prends part à leur bonheur; c'en est un que vivre avec des gens heureux; je ne compte pourtant pas en jouir longtemps. La blessure du Marquis, qui va chaque jour de mieux en mieux, leur permettra bientôt à tous de reprendre le chemin de leurs terres.

Alonzo

ALONZO

Alonzo, à vingt-cinq ans, commandait déjà les armées espagnoles dans la dernière guerre qu'ils eurent contre les Maures. La jeunesse, la naissance, la valeur, les grâces, faisaient de ce jeune prince un héros, et ses vertus en faisaient un grand homme. Sensible à l'amitié, Alonzo ressentait pour Carlos la plus vive tendresse, et Carlos l'aimait passionnément. L'amour extrême qu'il avait pour Léonore, fille d'Alvarès, ne faisait que disposer davantage son cœur à cette sensibilité délicieuse dont l'amitié profite dans les âmes vertueuses. Alonzo n'en était que plus aimé.

Ces deux amis partirent ensemble pour

l'Afrique. Ils parurent comme deux astres tutélaires, à la tête des bandes espagnoles. Alonzo ne pouvant partager le titre de général avec Carlos en partageait toute l'autorité ; leurs ordres étaient également respectés. Des armées conduites par de tels chefs ne marchaient jamais que pour vaincre. Enfin, arriva cette mémorable journée d'Oran, qui décida du destin des Maures, et mit fin à la guerre d'Afrique.

Personne n'ignore les cruautés qui suivirent cette sanglante bataille. Le sang coula partout. La famille royale fut détruite. Zanga, jeune homme de dix-huit ans, resta seul. Il avait vu son père et ses frères égorgés, ses sœurs déshonorées, son pays ravagé, ses palais réduits en cendre; lui-même était dans l'esclavage, accablé de mépris, le jouet des plus vils soldats.

Alonzo ignorait que ce prince fût en son pouvoir. Dès qu'il le sut, il alla lui-même le dégager des fers, et Zanga fut traité avec le respect dû à sa naissance et à ses malheurs; mais la férocité et l'orgueil de ce jeune Africain faisaient tomber sur Alonzo seul la haine et l'indignation que lui causaient les barbaries dont il venait d'être la victime.

Cette grande victoire qui remplissait l'armée de joie coûtait bien des larmes à Alonzo. Il l'achetait du sang de son ami. Carlos, pour décider la victoire, s'était trop exposé. Il avait été blessé et pris. On ignorait son sort, et cette incertitude accablait Alonzo de douleur. Enfin, du fond de sa prison, Carlos écrivit à son ami. Dix mille Maures furent aussitôt le prix de sa rançon. Carlos libre se fit transporter à Oran.

Qui peut peindre le moment où ces deux amis se revirent? Alonzo ne quittait pas Carlos, dont les blessures n'étaient pas mortelles. Ils espéraient même bientôt partir ensemble pour retourner en Espagne, lorsqu'Alonzo reçut ordre de la Cour de se rendre sur-le-champ à Madrid. Il se vit contraint de quitter son ami. Leurs adieux ne furent prononcés qu'en versant un torrent de larmes. Il semblait que ces deux amis se quittaient pour ne plus se revoir. Carlos, en l'embrassant, lui dit : « Allez jouir des honneurs qui vous attendent; je ne vous les envie point, vous le savez. Je ne regrette que Léonore; voyez-la : veillez sur son cœur. Je vous confie ce que j'ai de plus cher dans le monde. » Carlos, en achevant ces mots, embrassa encore une fois son ami, et Alonzo partit pour l'Espagne, emmenant avec lui Zanga, dont il s'efforçait d'adoucir les malheurs.

Alonzo se rendit à Madrid. Avant de voir le roi, il vola où l'amitié l'appelait : il alla chez Léonore, chez cette amante de Carlos, dont il avait parlé tant de fois, et que jamais il n'avait vue. Son goût pour la chasse, pour les lettres, son caractère un peu sauvage, peut-être sa timidité naturelle, et la tournure de son esprit, l'avaient éloigné du commerce des femmes, auprès desquelles il était toujours embarrassé. D'ailleurs, Léonore vivait fort retirée, chez un père avare, ambitieux. Alvarès reçut Alonzo comme le héros de l'Espagne, et comme l'ami de celui à qui il destinait sa fille.

Alonzo voyait tous les jours Léonore. Il ne cessait de lui parler de l'amour de Carlos. La modestie, la douceur, l'esprit, l'âme de Léonore enchantaient Alonzo. Que son ami lui parut heureux! Il trouvait un charme inexprimable à parler de Carlos, avec une personne si belle. C'était pour ce jeune héros un plaisir inconnu. Il avait, jusqu'à ce moment, vu les femmes sans trouble et presque sans plaisir; il ignorait que leurs plus grands avantages sont dans notre âme. Carlos n'avait jamais aimé, mais il avait trop de vertus pour n'avoir pas un cœur tendre. Alonzo, pour intéresser le cœur de Léonore, ne se bornait plus à lui peindre l'amour de son ami; il cherchait à l'intéresser par des reflexions tendres, et, par ces réflexions, il détournait sur lui-même des mouvements qu'il ne voulait exciter qu'en faveur de Carlos. Bientôt il l'entretint moins de son amant; il ne lui parla presque plus que d'elle. Il aimait Léonore, il l'aimait éperdument, et ne se l'était pas encore avoué. Mais Léonore le savait depuis longtemps. Dès qu'il s'aperçut de sa passion, sa conduite changea. Son caractère, ses discours ne furent plus les mêmes; mais il ne changea que la manière d'exprimer son amour. Il eut beau paraître sombre, distrait, fantasque, mélancolique; ces dehors devinrent d'autres moyens de se faire aimer. Son désordre, ses reproches, son humeur, son silence disaient à Léonore ce que ses attentions, sa douceur, ses grâces avaient déjà dit. Cependant Léonore n'avait pas encore entendu le mot *j'aime*. Alonzo ne l'avait pas encore prononcé. Il avait porté ses regards jusqu'au fond de son propre cœur. Il y voyait l'amour dont il était consumé; mais, sûr de sa vertu, il se vit à plaindre, et non pas criminel. Il voulut fuir, mais il se reprocha sur-le-champ cette idée comme une faiblesse et comme une trahison envers son ami.

Superbe! qui se croit assez fort pour combattre l'amour et les femmes! qui, dévoré d'une passion effrénée, pouvait en méconnaître l'empire redoutable!

Alonzo continua de voir tous les jours

Léonore. Que de vertus ne reconnut-il pas dans son âme! que de sensibilité! que d'agréments! quels charmes ne découvrit-il pas dans son esprit! Il ne s'éloignait d'elle que pour en parler avec Zanga qui flattait sa passion. Zanga, dont il avait immolé le père, les frères et les sujets, avait alors toute sa confiance.

Alonzo passa plusieurs mois ainsi, se nourrissant d'un amour qu'il détestait, et qu'il croyait toujours vaincre. Mais lorsqu'il apprit que Carlos revenait, toute l'horreur de son état s'offrit alors à sa vue. Il cessa de s'aveugler. Il réfléchit; il frémit; il appela vainement cette vertu qui jamais ne l'avait abandonné; elle lui dit de fuir. Résolu de faire ce grand sacrifice, il ne put se refuser la triste satisfaction d'instruire Léonore des motifs qui déterminaient sa fuite. Il fut longtemps devant elle, sans prononcer un seul mot. Enfin il lui fit la peinture la plus touchante de son amour, des peines et des tourments qu'il éprouvait.

« Le vainqueur de l'Afrique m'étonne! lui dit Léonore. Je croyais que les peines étaient le partage de ceux qu'il avait soumis. Votre amour est un crime; il trahit l'amitié.

— Cruelle, dit alors Alonzo, rendez grâce à ce crime! Seul, il excuse votre inhumanité. Si je n'offensais pas la terre et les cieux, oseriez-vous ainsi m'accabler de votre mépris? O Léonore, continua-t-il, Léonore! qu'ai-je donc fait? Pour servir mon ami, je vous ai vue, j'ai parlé pour Carlos; je ne cherchais que votre estime. Bientôt je vous aimai. J'ai soupiré longtemps; aujourd'hui je meurs. N'êtes-vous pas vengée, Léonore, par les tourments que je souffre?

— Je pourrais l'être, répondit-elle, si vous souffriez seul.

— Eh! qui souffre avec moi? s'écria vivement Alonzo.

— Jouissez de votre ignorance, et laissez-moi fuir! dit Léonore en voulant s'éloigner.

— Vous pleurez! s'écria Alonzo : ô ciel! Vous pleurez! D'où naissent vos pleurs? Dites, parlez..... qui fait couler vos larmes?

— Je ne sais, dit Léonore; fuyez, laissez-moi, fuyez! »

Alonzo, troublé, se jeta aux pieds de Léonore. Il sut arracher de son cœur le secret qu'il désirait, et qu'il craignait tant d'y trouver. Il lut dans son âme; il y lut qu'il avait inspiré la plus vive tendresse, et qu'il était adoré de celle qu'il aimait; mais il vit aussi l'horreur de cette passion fatale.

Léonore lui fit l'aveu que son cœur n'avait jamais rien senti pour son ami; qu'elle n'avait fait qu'obéir à son père en écoutant

Carlos; mais qu'Alvarès, voyant combien ce mariage l'affligeait, instruit d'ailleurs que la fortune de Carlos était détruite, se déterminait à rompre ce mariage, ou plutôt attendait, pour se décider, les conseils que lui donnerait Alonzo. Celui-ci frémit; il vit l'horreur de sa situation. Il allait prononcer le supplice de son ami ou le sien, et dans quel moment? Dans l'instant où la fortune accablait Carlos de ses plus cruels revers! Un silence mortel fit connaître à Léonore l'agitation de son âme.

« Vous tremblez, lui dit-elle..... Ah! c'est pour moi, sans doute! Mais enfin répondez. Mon père a remis son pouvoir en vos mains.

— Hélas! dit Alonzo, j'ai donc le pouvoir d'assassiner mon ami?

— Non, lui répliqua Léonore, mais soyez moins barbare; assassinez Léonore!..... Ces mots vous troublent, continua-t-elle; ils m'effraient moi-même. Ma faute est grande, je l'avoue. Mais ne m'en blâmez pas toute seule : faites tomber quelques reproches sur celui qui n'a rien oublié pour me rendre coupable.

— Hélas! lui répondit Alonzo, ce bonheur où je n'oserai prétendre, pour lequel je voudrais vivre, va rendre ma mort affreuse! O Léonore! pourquoi ne me haïssez-vous pas?

— Pardonnez-moi, lui dit-elle, de vous aimer! J'ai combattu longtemps cette passion, avec plus d'efforts que vous-même.

— O Léonore! interrompit alors Alonzo, croyez que je regarde votre amour comme le premier des biens. Hélas! il est le prix d'une année de souffrances, de soupirs et de peines : récompense douloureuse! O mon ami! Quoi! lui porterai-je un poignard dans le sein? Dites, parlez, Léonore!

— Était-ce à vous, ingrat, lui répondit-elle, à détester sitôt notre amour? Croyez-vous donc ma passion si forte, ou ma vertu si faible, qu'il ne soit pas dangereux de me faire parler? Pourquoi, barbare, avoir pris tant de soins pour vous emparer d'un cœur que vous alliez déchirer? O honte! mais ma peine est juste. Lorsque les femmes s'abaissent à ce point, elles doivent être dédaignées. Vous me haïssez! Vous me méprisez! Cela doit être. Je me hais, je me méprise moi-même! »

En achevant ces mots, ses sens se troublèrent; elle se promenait comme une personne égarée. Sa faiblesse naturelle ne lui permettant pas de souffrir plus longtemps un état si violent, elle tomba dans l'abattement le plus profond. Alonzo tenait ses yeux fixés sur elle; aucune parole ne sortait de sa bouche; il laissa Léonore dans ce désordre mortel. Les amants furent des heures entières sans proférer un mot. On entendait seulement des sons mal articulés. Ils se regardaient souvent et détournaient la vue. Alonzo rompit le premier ce silence.

« C'en est fait, dit-il; les gémissements de l'amitié ne se feront plus entendre. Non, Léonore, non, je suis à vous pour toujours!... En dépit de Carlos... Que dis-je?... Ah! malheureux ami! Je le vois couvert des ombres de la mort! J'entends ses cris! Il se déchire les entrailles! Il est baigné dans son sang! Il meurt! Il meurt désespéré... Léonore! prenez ma vie, cruelle, et laissez-moi mon ami! »

Ce fut dans cet instant terrible que Carlos s'offrit à ses yeux. La tendresse d'Alonzo pour Carlos était extrême; elle s'épancha dans ses bras avec tant de vivacité, que Carlos ne put s'apercevoir du trouble de Léonore. Les embrassements d'Alonzo étaient sincères; il vit, dans son ami, l'assurance de sa vertu : la paix revint dans son âme.

Carlos le couvrit de larmes. L'attendrissement que lui causa la vue de son ami lui fit répandre des pleurs que ses malheurs ne lui avaient pas arrachés. Carlos avait appris, en arrivant en Espagne, la perte totale des biens immenses qu'il possédait en Amérique.

De l'homme le plus puissant de la Castille il se voyait le plus misérable. Mais ce n'était pas ses biens qu'il regrettait! C'était Léonore qu'il tremblait de perdre. Il ne jetait sur elle que de tristes regards; il n'osait lui parler. Alvarès parut, et Carlos vit d'abord, dans le froid accueil qu'il en reçut, tout ce qu'il avait à craindre. Alonzo s'aperçut aisément du trouble qu'Alvarès jetait dans l'âme de de son ami. Il l'arracha d'un lieu où son âme souffrait; il l'entraîna chez lui. Ce fut alors que, libre avec son ami, Carlos répandit un torrent de larmes. Il lui dévoila toute l'horreur de son sort. Alonzo s'efforça de le calmer.

« Hélas! qu'espérez-vous? lui répondit Carlos; vous connaissez Alvarès : sa fille est perdue pour moi. Je mourrai, mon cher Alonzo; je mourrai si je la perds. O mon ami, que je vous regretterai! »

Alonzo lui représenta que les services signalés qu'il venait de rendre à l'État lui donnaient des droits légitimes pour attendre les plus grandes récompenses, et que les bienfaits du roi pouvaient encore rétablir sa fortune et le rendre digne de la fille d'Alvarès. Ces mots portèrent du calme dans son âme. En quittant Alonzo, Carlos était moins troublé que lui.

La vue de son ami venait de réveiller

toute sa vertu. Plein d'un projet digne de lui, il alla chez le roi, demanda pour Carlos le gouvernement de Castille et l'obtint. Il se transporta de là chez Alvarès, l'instruisit de la grâce que le roi faisait à Carlos, et s'offrit de lui céder les terres immenses qu'il possédait dans l'Andalousie. Alvarès fut surpris de l'héroïsme d'Alonzo; mais il connaissait les hommes. Vivant à la Cour, vieilli dans l'intrigue, il les croyait tous vicieux et savait découvrir leurs faiblesses les plus cachées. Il n'ignorait pas l'amour d'Alonzo pour sa fille, et, sur cette passion, il avait fondé les espérances de la plus haute fortune. Dès lors, il avait résolu de rompre le mariage de Carlos, et d'avoir Alonzo pour gendre. Il lui laissa toute la gloire de son action; et pour lui en faire recueillir le fruit, il ne lui donna point espérance de voir jamais Carlos heureux par l'hymen de sa fille.

Alvarès rompit avec éclat tous les engagements qu'il avait avec Carlos. Carlos lui parla vainement. Il n'en reçut que les réponses les plus hautes et les plus dures. Alvarès ne lui cacha ni les offres d'Alonzo ni ses refus. Le malheureux Carlos acheva de lire sa perte dans les yeux de Léonore. Il vola vers son ami; il le trouva dans un désordre égal au sien. Alonzo le serra dans ses bras, et laissait tomber sur lui des regards qui témoignaient toute l'amertume de son âme. Il n'osait parler ; il voulait que Carlos ignorât l'amour qu'il avait pour sa maîtresse. Il voulait les unir, jouir du bonheur de son ami, triompher d'une passion criminelle. Il se flattait encore de ramener Alvarès, et crut ne devoir pas confier à Carlos un secret qui pouvait l'affliger. Mais ce fut en vain qu'il tenta de nouveaux efforts auprès d'Alvarès. Ce fut en vain qu'il combattit contre les charmes et les pleurs de Léonore. Alvarès fut inflexible, et, par les conseils de Zanga, fit courir le bruit qu'il allait donner sa fille à don Pèdre, un des plus puissants seigneurs de l'Espagne. Ce bruit qui parvint bientôt aux oreilles d'Alonzo lui fut confirmé par Zanga. Carlos et lui allaient perdre ce qu'ils aimaient.

« Ce n'est plus un sacrifice que vous faites à l'amitié, lui dit Zanga ; Léonore ne peut appartenir à votre ami ; déclarez-lui votre passion pour elle. Carlos vous aime, et du moment qu'il ne peut être l'époux de Léonore, pourquoi ne consentirait-il pas à la voir dans les bras de son ami ?

— Que tu connais peu la force de l'amour ! lui répondit Alonzo. S'il est guidé par la jalousie, il méconnaît les liens les plus sacrés. J'aime Carlos ; mais je sais bien quels tourments j'ai sentis, lorsque j'ai voulu lui donner Léonore. Je ressens pour lui, maintenant, les mêmes peines que j'éprouvais alors.

— Seigneur, lui dit Zanga, vos erreurs naissent de vos vertus; mais votre amitié vous conduit aveuglément à votre perte. Considérez qu'Alvarès a rompu le mariage de Carlos : l'avarice et l'ambition ont dicté ses refus. Il trouve à satisfaire ses passions, en donnant sa fille à don Pèdre : demain, demain, vous la perdrez.

— Quoi! vous penseriez, Zanga, dit Alonzo, que si je parlais à Carlos, sa bonté le résignerait à me voir épouser Léonore?... Mais qu'il est affreux de lui faire une telle demande!

— Il me semble, lui répondit Zanga, que vous êtes trop timide auprès d'un ami qui vous doit la vie, la liberté.

— Et c'est là précisément, reprit Alonzo, la raison qui m'arrête. Si je n'étais pas son ami, je lui parlerais plus librement.

— Eh bien, Alonzo, lui dit Zanga, je lui parlerai; j'intéresserai pour vous cette amitié vive qui règne dans le cœur du généreux Carlos. »

Zanga, quittant Alonzo, alla trouver Carlos. Il l'instruisit de l'amour de son ami pour Léonore, et fit valoir à ses yeux les nobles efforts d'Alonzo pour la lui faire épouser. Il lui confirma ce qu'il savait déjà; que don Pèdre allait la posséder, et que tous deux la perdraient, s'il ne faisait maintenant pour Alonzo ce que ce dernier avait fait pour lui; s'il ne le pressait enfin lui-même d'épouser Léonore.

« Quoi! s'écria Carlos, ce n'est pas assez que je la perde? Ce n'est pas assez que je meure? Faut-il encore que je sois déchiré jusqu'au tombeau? C'est Alonzo qui demande... Dois-je le conduire moi-même dans les bras de Léonore...? O Léonore! jamais, jamais! »

Ce combat entre l'amour et l'amitié bouleversait l'âme du malheureux Carlos. Il perdait Léonore pour toujours; devait-il encore l'enlever à son ami, qui venait de lui donner l'exemple de ce que peut l'amitié dans une âme courageuse? Mais prononcer lui-même son supplice était un effort dont il ne se croyait pas capable. Il se sépara de Zanga sans avoir rien promis.

C'est dans ces moments de solitude et de réflexion que l'âme peut se déterminer à ces pénibles sacrifices, que les prières, la force, les raisons, ni même les larmes des femmes n'obtiendraient jamais.

Carlos était dans cette situation lorsqu'il vit entrer son ami.

« O Carlos ! lui dit Alonzo, qu'ordonnez-vous ? »

Carlos ne répondit point.

« O Carlos ! que je souffre de vos malheurs ! et peut-être qu'Alonzo contribue lui-même à les accroître ! Vous m'avez chargé de veiller sur Léonore ; mais hélas ! je n'ai pu me défendre de l'aimer. Maudissez-moi ; que tout le monde, par mon exemple, apprenne combien est sacré le nom d'un ami !

— Vous vous accusez injustement, lui répondit Carlos. Alvarès seul est la cause de tous mes maux. Alvarès, cruel Alvarès !... Alonzo, votre crime est le mien ; moi seul je fus coupable, en vous faisant courir un péril où votre vertu pouvait seule succomber, quoique je connusse bien à quelle épreuve redoutable je l'exposais. Eh ! qui pourrait soutenir les yeux de Léonore ? Mon cœur qui l'adore parle pour toi et t'excuse.

— Ah ! reprit Alonzo, vous voulez diminuer l'horreur de ma conduite, mais ne pensez pas que je m'abuse. Pardonnez-la-moi, pour être aussi généreux que je fus déloyal.

— Vous pardonner, lui dit Carlos, à vous mon ami, qui ce matin encore dédaigniez Léonore enflammée pour vous ? Mais il était en toi, parfait ami, de résister à tant de charme et de fermer ton cœur à des séductions si douces! Aussi, tant que je vivrai, je vivrai pour toi. Mes vœux n'auront que ton bonheur pour objet.

— O Carlos! lui dit Alonzo, en lui pressant la main, que ne pouvez-vous lire dans le fond de mon âme? Vous verriez à quel point vous y régnez!

— Hélas! mon ami, reprit Carlos, vous pleurez, vous me serrez tendrement dans vos bras : vous paraissez pénétré de la plus vive douleur; vous n'osez me parler; cela n'est pas bien, mon cher Alonzo. Vous pensez mal de moi, de n'oser m'ouvrir votre âme lorsque je vois qu'elle est accablée de souffrances. Avez-vous oublié combien nous étions unis? La liberté, la vie, sont les moindres preuves que j'ai reçues de votre amitié.

— O mon ami! s'écria douloureusement Alonzo, qu'il est affreux de demander, lorsqu'on est sûr de n'être pas refusé!

— Ainsi, vous avouez, reprit Carlos, que vous avez quelque chose à me demander?

— Non, sur mon âme, dit Alonzo.

— Eh bien! puisque ta grande âme résiste à me demander une grâce, reçois avec bonté celle que je te fais.

— Que voulez-vous dire? repartit Alonzo.

— Je te prie, continua Carlos, de m'écouter.

Les destins m'ont arraché celle pour qui seule j'aurais voulu vivre; il faut accepter maintenant ce que la raison commande. Je ne puis l'épouser; elle est à toi. Mais, ô mon ami, donne-lui tous tes soins... Songe combien une femme est faible... Toujours incertaine, agitée, même dans le sein du bonheur, elle est si naturellement l'objet de l'affliction, qu'il semble que le ciel ait pris plaisir à la former pour la douleur, et qu'elle ne soit jamais plus aimable que dans les larmes... Prends mon cœur pour la dot de Léonore; sois son gardien, sois toujours mon ami. Qu'elle soit heureuse : promets-moi son bonheur!

— Quoi, Carlos! lui dit Alonzo, vous pouvez vous séparer de Léonore?

— Je ne m'en sépare point, mon ami, lui dit Carlos; je vous la donne. Crois-moi, continua-t-il, je suis sincère : ce que je fais n'est que juste. N'as-tu pas voulu me la sacrifier? J'imite une vertu dont tu m'as donné l'exemple. »

Alonzo voulut lui répondre, mais les larmes l'en empêchèrent. Le silence, les pleurs, furent les seules expressions de sa reconnaissance. Carlos laissa son ami dans un trouble inexprimable. Il courut chez Léonore. Il la trouva remplie de la même émotion que les deux amis qui se la dispu-

.... Sa beauté l'arrête ;
il hésite.... (page 157.)

taient. Sa fierté, son orgueil étaient tellement blessés de la conduite d'Alonzo ! Mais l'amour parla, et l'amour fut écouté. Bientôt Alonzo ne lui parut que plus digne d'être aimé. Elle-même ne s'en crut que plus aimée. Enfin, Léonore et Alonzo furent unis. Leur bonheur ne fut pas même troublé par les reproches secrets qu'ils auraient pu se faire de rendre Carlos malheureux. Il paraissait tranquille. Il semblait oublier ses peines par la vue du bonheur de son ami. Mais ce bonheur ne devait pas durer longtemps. Une lettre tombe entre les mains d'Alonzo ; elle est de Carlos. Elle est adressée à Léonore. Elle est remplie de protestations d'un amour éternel. Quelle lumière affreuse vint tout à coup éclairer Alonzo ? Il se rappelle combien ces deux amants se sont aimés ; il ne voit dans leur séparation que l'ordre d'Alvarès, et dans la générosité de Carlos, qu'une trahison nécessaire à leur amour. Hors de lui-même, il appelle Zanga, lui montre la lettre interceptée. Zanga la lit ; on voit sur son visage l'indignation dont il est saisi. En la lisant il frémit et la déchire. Ensuite, s'efforçant de se contraindre, il tâche d'effacer de l'esprit d'Alonzo les soupçons dont il est agité. Zanga les combat. Alonzo se flatte qu'il n'est pas trahi. Mais bientôt le hasard lui fait découvrir dans l'appartement de Léonore une boîte qu'il ne connaissait point encore. Il l'examine, il croit qu'elle renferme un secret. Il la brise et trouve un portrait : c'est celui de Carlos. Tous ses soupçons renaissent. Zanga s'efforce encore de les calmer. En vain, il lui dit que ce portrait peut, depuis longtemps, être resté dans les mains de Léonore. Rien n'apaise Alonzo. Enfin, Zanga lui propose de s'éloigner pour quelques jours, et lui promet, pendant son absence, d'examiner avec soin la conduite de Léonore. Alonzo, reconnaissant, embrasse son cher Zanga. Le lendemain, il part pour Valladolid. Il ne put y vivre. Déchiré par ses idées, dévoré par sa jalousie, il revient à Madrid ; et par le trouble qu'il voit dans les yeux de Zanga, il lit déjà le malheur qu'il craint d'apprendre. Zanga cherche inutilement à le déguiser. Alonzo l'oblige à lui tout avouer ; et par ce qu'il apprend, il ne lui reste aucun doute sur l'infidélité de Léonore.

Que le crime entre aisément dans une âme où règne la jalousie ! La mort de Carlos ne parut au malheureux Alonzo qu'une justice. Il charge Zanga de l'assassiner, et ne remet qu'à lui-même le soin de se venger de la perfidie de sa femme. Il s'arme d'un poignard et va chez Léonore. Il la trouve endormie; il s'étonne qu'une femme si coupable puisse jouir du repos. Sa beauté l'arrête; il hésite. Tous les endroits où sa main veut la frapper sont mille fois couverts de ses baisers. Enfin, il fortifie son âme contre tant de charmes; il s'avance et détourne la vue. Dans cet instant, Léonore s'éveille. Elle aperçoit un poignard levé sur son sein.

« Que vois-je ! » s'écria-t-elle.

Alonzo l'accable de reproches.

« Pouvez-vous soupçonner ma vertu? dit Léonore. Vous, mon époux! Pouvez-vous attenter sur ma vie? Quels moments de mes jours ne vous ont pas dit à quel point je vous aime? Quel crime ai-je commis?

— O sexe trompeur! s'écria le jaloux Alonzo, voilà votre langage! Femme hardie, qui t'a dit que je voulais attenter à ta vie? Qui t'a dit que je soupçonnais ta vertu? Ce n'est pas ce poignard, c'est le cri de ta conscience.

— Ciel! s'écria Léonore. Je cherche en vain à douter de tout ce que j'entends! Mais tu me forces à le croire, barbare! Tu t'en repentiras.

— C'est en vain, répondit Alonzo, c'est en vain que vous cherchez à voiler votre crime; vos artifices ne m'abuseront plus.

— Mes artifices? dit Léonore avec indignation.

— Oui, reprit Alonzo; n'espérez pas m'attendrir par vos larmes.

— Je dédaigne de te répondre, homme présomptueux! » lui dit fièrement Léonore.

Alors Alonzo, pour la convaincre de son infidélité, lui montra le portrait de Carlos. Léonore prit ce portrait, l'examina longtemps.

« Ah! c'est Carlos, dit-elle. Hélas! il eût fait mon bonheur!

— Eh bien! perfide, m'avouerez-vous enfin votre coupable amour?

— Quoi! tu persistes, dit-elle, à me croire coupable?

— Oui, sans doute, je le crois!

— Eh bien! dit Léonore en se perçant le sein, que ce coup aille à ton cœur! »

Elle tomba dans les bras de son époux. En rassemblant ses forces, elle lui dit :

« C'était le seul moyen que j'eusse de me venger de toi, ô le plus injuste des hommes! Crois-moi maintenant criminelle, si tu veux..... »

Elle mourut en achevant ces mots, et laissa son époux l'œil attaché sur une femme qu'il venait d'assassiner.

La vue de ce spectacle troubla ses sens; le désespoir s'empara de son âme. Il allait venger Léonore, lorsque Zanga parut, les mains teintes encore du sang du malheureux Carlos.

« O Zanga! lui dit Alonzo.....

— Ne tremblez pas, lui répondit Zanga, mais parlez. Vous répandez des pleurs?

— Hélas! n'ai-je pas sujet d'en répandre?

— Plus que vous ne le pensez, dit Zanga; je vous ai trompé.

— Veillai-je? s'écrie Alonzo.

— Non, lui dit Zanga; ta femme n'était point coupable. J'ai décidé Carlos à te céder Léonore. J'ai forgé la lettre. J'ai fait tomber le portrait entre tes mains. Je te haïssais, je te méprisais, et je t'ai détruit.

— Esclave inhumain! dit Alonzo!

— Vil chrétien! répliqua Zanga, tu méconnais mon caractère. Qui suis-je? Un Maure, un esclave. Malheur à celui qui m'a mis dans les fers! Je suis vengé! Qu'attendais-tu d'un prince dont le père et les frères sont tombés sous tes coups, dont ta fureur a ravagé les États, dont tes chaînes ont profané la gloire? Que me reste-t-il du rang où je suis né? Rien que le souvenir; mais la vengeance. Nuls trésors; mais tes tortures et tes gémissements. Quand les hommes te demanderont qui t'a fait souffrir, dis-leur que c'est le Maure, le Maure implacable. Si les froids Européens condamnent ma vengeance, avertis-les de ne pas juger les êtres qui leur sont supérieurs, et des âmes de feu en qui la vengeance est une vertu. »

En achevant ces mots, Zanga se plongea son poignard dans le sein, en laissant au malheureux Espagnol un exemple qu'il ne tarda pas à suivre.

L'Hermite

L'HERMITE

Je vous épargne, mon cher S***, le détail des amours de M. de Saint-Laurent, gentilhomme du Dauphiné, avec Mademoiselle de Vallersun. Vous saurez seulement que, forcé de l'enlever le 21 août 1761, il alla l'épouser en Savoie. Il eut dans sa route une aventure bien extraordinaire.

Nos deux amants partirent sans domestiques et suivirent l'Isère. En arrivant aux montagnes de la Grande-Chartreuse, après une journée très forte, ils furent obligés d'aller, à dix heures du soir, dans une maison que leur indiquait une clarté lointaine, et qu'ils apercevaient située sur une montagne au milieu des bois, comme le sont presque tous les hermitages. Effectivement un vieux hermite leur offrit, avec toutes sortes d'empressements, un asile dans sa retraite, et parut bien fâché de n'avoir à leur présenter qu'un plat de racines pour souper, et de la paille pour se coucher. Nos jeunes amants se trouvaient encore bien heureux d'être à couvert. Après ce frugal repas, ils prièrent l'hermite de leur préparer un lit de paille. Le bonhomme y travailla sur-le-champ, avec le plus grand soin; ensuite, il demanda la permission de se retirer.

M. de Saint-Laurent et Mademoiselle de Vallersun s'endormirent sur-le-champ, et si profondément, qu'à deux heures du matin, Mademoiselle de Vallersun, qui s'était couchée du côté du mur, ne sentit point que, par un ressort lâché fort doucement, elle se séparait de M. de Saint-Laurent, et qu'elle fut bientôt dans un caveau profond, à plus de cinquante pieds sous terre. La plaque revint très brusquement à sa place, et Mademoiselle de Vallersun ne fut réveillée que par le soubresaut que lui causa son arrivée dans ce lieu terrible. Comment pouvoir exprimer la situation de cette malheureuse, lorsqu'elle se trouva tout d'un coup dans un endroit affreux, qui n'était éclairé que par une lampe lugubre; et que, cherchant la main de son amant, elle sentit la sienne saisie, serrée par un jeune hermite prosterné devant elle! « Juste ciel! s'écria-t-elle, ayez pitié de moi! Je me meurs! » Elle s'évanouit et resta sans connaissance. Les secours perfides du scélérat, entre les mains duquel elle était, ne faisaient qu'ajouter mille horreurs à sa situation.

M. de Saint-Laurent se réveilla. Son premier soin fut de voir si Mademoiselle de Vallersun dormait encore. Quel fut son étonnement de ne la plus trouver à côté de lui! Il se lève avec précipitation, l'appelle avec inquiétude : la tête déjà perdue, il poussait les cris les plus touchants et les plus effrayants. Il cherche et trouve le vieux hermite.

« Malheureux, lui dit-il, as-tu caché l'objet de ma tendresse, du bonheur de ma vie? »

Puis, l'entraînant dans la chambre, il sauta sur un de ses pistolets, l'appuya sur sa gorge, et lui redemanda Mademoiselle de Vallersun.

« Grâce, Seigneur, grâce, lui répondit l'hermite; je ne suis pas le coupable; mais si vous ne me tuez pas, je pourrai dévoiler à vos yeux ce secret terrible; encore une fois écoutez-moi, parlez bas et suivez mes conseils.

— Achève, barbare; je t'écoute.

— Eh bien, Seigneur, allez sans perdre une minute; tâchez de trouver une femme qui veuille vous suivre, qui soit jolie, dont vous puissiez disposer, amenez-la dans ces lieux, et soyez sûr que je vous ferai retrouver votre épouse.

— Quelle proposition me fais-tu, malheureux? Quel outrage oses-tu faire à mes sentiments! Tremble! Ma fureur ne connaît plus de frein, plus de pitié! »

M. de Saint-Laurent exerça sur le vieux hermite tout ce que lui dictaient et justifiaient à la fois le désespoir et la rage. Rien n'ébranla la fermeté de cet homme. Il disait: « Vous pouvez me faire mourir, mais vous n'obtiendrez rien de moi. » Quel parti prendre? Notre amant suspendit ses rigueurs et finit par se faire répéter les conseils de l'hermite. Il fallut obéir : il partit donc pour Turin. En arrivant, il mit tout en usage pour trouver une jeune et jolie courtisane, à qui l'argent suffit. Il la détermina sans peine à le suivre dans une de ses terres, où son projet, disait-il, était de vivre avec elle. Il arrive enfin à l'hermitage, tremblant de n'y plus trouver l'hermite; heureusement il l'aperçut une minute après, et lui demanda tout bas s'il pouvait compter sur sa promesse.

« Oui, Seigneur, je vous tiendrai ma parole. Faites entrer Madame dans la chambre, et surtout écoutez-moi bien. Vous allez manger un morceau; je disposerai pour vous un lit de paille comme avant-hier, et je vous préviens qu'à deux heures précises, vous sentirez du mouvement sous vous. Vous aurez l'attention de vous coucher du côté du mur. Laissez-vous descendre sans remuer ni crier. Ne réveillez pas la jeune personne qui vous a suivi; je vous promets, Seigneur, que vous recouvrerez le bien que vous poursuivez. »

Quelque effrayant que fut tout ce mystère, M. de Saint-Laurent ne pouvait plus reculer. Il se mit à table et ne voulut se coucher qu'à deux heures. A deux heures précises il entendit un petit bruit et se sentit bientôt descendre : il arriva dans cet antre affreux. Le premier objet qui s'offrit à sa vue fut la robe de Mademoiselle de Vallersun. Comme il voulut se précipiter sur elle, il voit dans le fond de la caverne un jeune hermite; il court, le saisit à la gorge, le frappe d'un coup de poignard, en s'écriant :

« Monstre, rends-moi ma femme! »

Un cri se fit entendre. M. de Saint-Laurent, laissant dans les convulsions de l'agonie ce scélérat, s'élança rapidement à la voix de sa chère maîtresse, et bientôt il tomba lui-même évanoui. Cependant avant qu'il eût perdu connaissance, il put entendre l'hermite dire d'une voix mourante :

« Misérable, je meurs; un quart d'heure plus tard, je touchais aux doux moments de jouir de tout ce que m'enlève mon assassin! »

Nos jeunes amants revinrent à la vie; aidés du ressort de la trappe, ils se donnèrent eux-mêmes la liberté.

M. de Saint-Laurent tint sa parole au vieux hermite, donna mille pistoles à la courtisane, et les deux amants, échappés de l'enfer, se mirent en chemin pour aller se marier à la plus prochaine ville de la Savoie.

Quel était ce vieillard? Quels rapports le liaient au jeune et pervers habitant de la caverne? Quel était le secret de cette condition imposée par l'hermite, d'amener une jolie femme pour en retrouver une autre? Quel était enfin le brigand qui s'était emparé de Mademoiselle de Vallersun? Voilà ce qu'on n'a pu découvrir. Le Gouvernement Sarde fit des perquisitions inutiles.

TABLE

A. GAUTHERIN
imprimeur
131, rue de Vaugirard, 131
Paris

Gauthérin, imp., rue de Vaugirard, 181, Paris

www.ingramcontent.com/pod-product-compliance
Ingram Content Group UK Ltd.
Pitfield, Milton Keynes, MK11 3LW, UK
UKHW022100190726
13855UKWH00002B/562